Zu viel zum Glück

SANNE HIPP

c/o autorenglück.de
Franz-Mehring-Str. 15
01237 Dresden
Buchcoverdesign: Sarah Buhr/www.covermanufaktur.de,
unter Verwendung von Stockgrafiken Cranach/Shutterstock
Korrektorat: https://benisa-werbung.de
E-book: ASIN: B0B2M6PRQYISBN
Taschenbuch: ISBN: 9798840122150
Independently published

Terve
Ukraina
(Eino Leino)

Dies ist ein fiktiver Roman. Auch wenn manche Orte, die im Buch erwähnt werden, existieren, ist die Beschreibung und Handlung reine Fiktion. Dasselbe gilt für die Beschreibung der Figuren. Ähnlichkeiten mit lebenden oder toten Personen sind dem Zufall geschuldet und auf keinen Fall beabsichtigt.

Dieses Buch wurde in Bezug auf »Sensibles Schreiben« gegengelesen.

Das im Roman vorkommende Adjektiv Schwarz ist bewusst großgeschrieben. Es soll unterstreichen, dass es sich nicht um die Beschreibung einer ›biologischen‹ Eigenschaft der Protagonistin handelt, sondern um eine gesellschaftspolitische Zugehörigkeit.

Eins

Der Wunsch nach einer Zigarette überkam sie, obwohl sie seit Jahren nicht mehr rauchte. Der Anblick des vollen Aschenbechers auf dem kleinen Alutisch ekelte sie an. Trotzdem hätte sie eine Zigarette jetzt nicht abgeschlagen. Durch das gekippte Fenster des Personalaufenthaltsraums hörte sie nach den aktuellen besorgniserregenden Tagesnachrichten eine unpassend fröhliche Stimme aus dem Radio: »Der Wetterbericht für Helsinki in den kommenden Tagen: Ein Tief aus Richtung Schweden sorgt für Schneeregen, zeitweise Graupel, Windböen zwischen 55 km/h und 80 km/h. Durchschnittliche Temperaturen zwischen einem und minus fünf Grad.« Kristiina stieß die Luft aus. Das Wetter am Wochenende würde also richtig mies werden. Na toll! Dann passte es wenigstens zu ihrer Stimmung.

Jetzt eine Zigarette anstecken und den ersten Zug ganz tief inhalieren – hier draußen auf dem nassen Balkon – und ihre Wut zusammen mit dem Rauch einfach aus sich herausblasen in diese klamme Graupelschauerluft.

Wie kam sie eigentlich dazu, sich so darüber aufzuregen – in Anbetracht der Nachrichten zur Weltlage, denen sie vor dem Wetterbericht gelauscht hatte? In Europa war Krieg, verdammt nochmal – und sie regte sich über ihren Ex auf!

Und trotzdem: Wenn er es noch einmal wagen sollte, hier in der Ambulanz aufzutauchen, würde sie ihn anzeigen. Das war Stalking! Und nein, die kleine Wunde an seinem Finger war kein Grund gewesen, sie aufzusuchen.

Kristiina hatte letzte Woche die Beziehung beendet – Schluss. Punkt. Was war daran so schwer zu verstehen? Sie wollte nicht das ganze Leben mit ihm verbringen.

»Schon als ich dich zum ersten Mal gesehen habe, wusste ich es: Du bist die Frau meiner Träume«, hatte er ihr bei jeder Gelegenheit versichert.

Sie hingegen konnte sich nicht vorstellen, dass er der Vater ihrer Kinder werden sollte – er so wenig wie der davor. Es war ein Kreuz mit den Männern heutzutage! Warum langweilte sie sich mit ihnen nach ein paar Monaten? Da half auch das innigste Liebesbekenntnis nichts. Was hatte er ihr gerade gesagt? *»Von deinem langen blonden Haar war ich auf Anhieb verzaubert.«* Oh mein Gott, wie kitschig!

Aufgewühlt fuhr sie sich mit der Hand durch die Strähnen. Zur Not würde sie es abschneiden lassen. Kristiina sog die feuchtkalte Luft in ihre Lungenflügel. Sollte sie Marianne, ihre Pflegefachkraft, um eine Zigarette anschnorren?

Während ihres gesamten Studiums hatte sie geraucht und es erst aufgegeben, als sie hier als Ärztin angefangen hatte. Sie wollte gesünder leben, mit gutem Beispiel vorangehen. Mit gutem Beispiel. *Haha!* Sie machte einen Mann nach dem anderen unglücklich. Aber was sollte sie dagegen tun? Es passierte einfach immer wieder. Sie presste die Lippen zusammen.

»Kristiina?«

Kristiina zuckte zusammen, als sie Mariannes Stimme hinter sich vernahm.

»In zehn Minuten kommt ein Verkehrsunfall rein. Polytrauma. Die von drüben haben angerufen. Wir können uns schon mal startklar machen.«

Die von drüben waren die von der chirurgischen Unfallstation – die schweren Unfälle, die die nächsten Wochen und Monate in der Klinik bleiben würden. Kristiinas Einsatzgebiet war die chirurgische Ambulanz. Zu ihnen kamen die Patienten mit alltäglichen Verletzungen, Hausunfällen oder Wunden. Natürlich kam es vor, dass auch Patienten, die noch selbstständig ins Krankenhaus kommen konnten, stationär aufgenommen werden mussten. Es hing von ihrer Diagnose und Behandlung ab. Die Ambulanz war das schönste Aufgabengebiet, das sie sich vorstellen konnte. Hier hatte sie es jeden Tag mit neuen Menschen und neuen Verletzungen zu tun, und man konnte rasch mit vergleichsweise wenigen Mitteln helfen. Entsprechend beliebt war die Abteilung bei den auszubildenden Ärzten, von denen sie täglich welche um sich hatte. Vor Jahren war sie selbst als Facharztanwärterin hierhergekommen und geblieben. Aber jetzt musste sie sich mit um das Polytrauma kümmern.

»Ich komme gleich, Marianne«, antwortete sie. Sie holte noch einmal tief Luft, versuchte, sich für das, was auf sie zukäme, zu motivieren. Dann folgte sie ihr hinein in die von Desinfektionsmitteln geschwängerte Luft. Ein solcher Zugang kurz vor Feierabend bedeutete Überstunden. Aber jetzt machte das nichts mehr: Es wartete niemand mehr auf sie. Und wenn sie heute nach Hause käme, würde sie als Erstes eine rauchen.

Der Schneeregen hörte nicht auf. Gut, dass sie einen Großteil ihres Heimweges mit der Tram zurücklegte. Als Kristiina endlich den Schlüssel in die Haustür steckte, tropfte das Wasser vom Ärmel der gefütterten Wachsjacke.

Zum Umfallen müde betrat sie ihre Wohnung in dem mehrstöckigen klassizistischen Haus der Altstadt. Sie zog die nassen Schuhe aus, hing die Jacke an die Garderobe, ging ins Bad, warf alles, was sie anhatte, in den Wäschesack und stellte sich unter die Dusche. Nach einem letzten kalten Guss wickelte sie sich in ein vorgewärmtes Handtuch und betrachtete ihr Gesicht in dem riesigen Badezimmerspiegel. Ihre Augen waren von dunklen Ringen umgeben, ihre Haut war fahl. Zwei Pickel waren da an ihrem Kinn. Sie fielen auf bei ihrer sonst so ebenmäßigen Haut. Mit ihren blauen Augen und dem hellblonden Haar war sie eine typische Vertreterin des hiesigen Frauentypus. Wie würde sie wohl mit ganz kurzem Haar aussehen? Sie versuchte, es sich vorzustellen. Ihr Haar war noch nie kürzer gewesen als schulterlang – höchste Zeit für etwas Neues!

Auf dem Weg nach Hause hatte sich Kristiina eine Packung Zigaretten gekauft. Jetzt riss sie die goldene Banderole auf und klopfte einen Glimmstängel heraus. Noch nie hatte sie in der Wohnung geraucht. Ihre Eltern übrigens auch nicht, denen sie die repräsentative Wohnung in bester Lage zu verdanken hatte. Vor zwei Jahren waren sie ins seniorengerechte Wohnen an die Küste umgezogen. Eigentlich hatten sie geplant, hier bis ins hohe Alter zu bleiben und hatten dafür auch schon eine Eineinhalb-Zimmer-Wohnung auf demselben Stock für die eventuell benötigte Pflegekraft dazu gekauft – eine Wohnung, die nie benötigt wurde. Ihr Vater konnte aufgrund seines Hüftleidens keine Treppen mehr gehen, und in den alten Häusern konnte man keinen Aufzug nachrüsten. Ein Umzug war also unumgänglich gewesen. Beide Eltern hatten sich gewünscht, Kristiina möge hier einziehen – ein Wunsch, dem sie sehr gerne nachgekommen war. Nun lebte sie also mitten im Zentrum – in der Nähe des Doms und der Markthalle. Eine traumhafte Lage!

Ihre Eltern hatten ihr beide Wohnungen vor Kurzem überschrieben. Eine andere Lösung hatte es nicht gegeben, wenn sie beide behalten wollte, denn die Erbschaftssteuer in Finnland war so hoch, dass sie die kleine hätte verkaufen müssen. Aber das wollte sie nicht. Die kleinere gegenüber bot sich als praktisches Urlaubsdomizil an für die im Ausland lebende Verwandtschaft.

Jetzt, da Erik, ihr Verflossener, nicht mal mehr die Wochenenden hier verbrachte, fühlte sie sich in der großen Wohnung etwas verloren.

Sie nahm sich einen Unterteller als Aschenbecher, warf sich

in ihren Stressless-Sessel, inhalierte tief und fühlte sich überraschend gut dabei. Nach ein paar Zügen schaltete sie den Fernseher an, folgte den Nachrichten – die Lage in Europa war ein Desaster. Niemand hätte, trotz aller Vorbehalte, damit gerechnet, dass es so rasch dazu kommen könnte.

Ihr eigenes Leben erschien ihr unverdient beschützt und behütet. In schwere Gedanken versunken rauchte sie zu Ende, drückte die Kippe auf dem Unterteller aus, ging in die weitläufige Küche zum Kühlschrank, öffnete das kleine obere Gefrierfach, holte eine Pizza Margherita heraus und schob sie in den Ofen. Die Uhr am Backofen zeigte an, dass sie genau sieben Stunden freihatte – zum Essen, Entspannen, Schlafen. Dann begann ihr Alltag von Neuem. Es war okay so – ihr fehlte nichts. Während ihre Freundinnen heirateten und Kinder bekamen, war sie diejenige, die immer wieder in den Single-Status zurückgeworfen wurde. Aber der Gedanke, sich lebenslang an ihren Freund zu binden, machte ihr jedes Mal Angst.

Unter den aktuellen Umständen erschien es ihr ganz passend, Single zu sein. Hätte sie als Ehefrau und Mutter nicht noch mehr Angst vor der Zukunft? Warum aber hatte sie plötzlich wieder Lust auf eine Zigarette?

Zwei

DER FOLGENDE TAG in der Klinik war stressig. Kristiina überließ die Ambulanz am Vormittag einem Arzt im Praktikum, weil die Unfallstation sie zur Hilfe rief. Eine Radfahrerin war unter die Räder eines Lastkraftwagens gekommen, noch dazu hatte ein Bauarbeiter von einer sich lösenden Verschalung schwere Quetschungen erlitten.

So verflog der Vormittag und Kristiina verschwendete keinen Gedanken an ihren Ex, der hoffentlich nie wieder in der Klinik auftauchen würde. Die üblichen Patienten der Ambulanz mussten geduldig stundenlange Wartezeiten auf sich nehmen.

Kristiina schlug erst wieder am Nachmittag dort auf, arbeitete sich wieder routiniert durch die Behandlungszimmer. Behandelte verunglückte Handwerker und Heimwerker, die sich ihre Gliedmaßen durch die Bedienung irgendwelcher Gerätschaften ramponiert hatten.

»Wie kannst du dir so eine Wunde zuziehen? Hast du dir die Gebrauchsanweisung des Akku-Naglers nicht durchgelesen, bevor du ihn eingeschalten hast?«, fragte Kristiina gewollt provokativ und verwickelte ihren Patienten in ein fachliches Gespräch, während sie ihm zusammen mit Marianne einen

Nagel aus dem Handteller entfernte. Das vertrauliche du war in Finnland die übliche Anrede.

»Du hast Glück! Du hast keine Sehne und kein größeres Blutgefäß erwischt. Gut gezielt«, schob sie etwas sarkastisch hinterher.

Der Heimwerker nickte nur, war schon weniger blass. Er würde ihr nicht vom Stuhl kippen. Sie desinfizierte die Wunde, überließ Marianne, sie zu verbinden.

Zum Patienten sagte sie: »Wir sehen uns morgen zur Nachkontrolle«, und war schon ein Zimmer weiter.

Dort wartete eine Frau, die in einen rostigen Nagel getreten war. Er hatte die dünne Sohle ihres Flipflop durchdrungen und war tief in das Fußgewölbe eingedrungen. »Warum trägst du Flipflops um diese Jahreszeit?«

»Ich war dabei, die Werkstatt auszubauen, und da lag noch allerlei Zeug auf dem Boden.«

»Na, das muss man aber hinbekommen!«, meinte Kristiina anerkennend. »Wie sieht es mit deiner Tetanusimpfung aus? Bist du auf dem Laufenden?«

Die Frau war es nicht, wie sich herausstellte. Bis Marianne zu ihr stieß, war der Nagel entfernt, die Wunde gespült und desinfiziert. Während Marianne den Fuß verband, injizierte Kristiina der Frau eine Auffrischimpfung und füllte den Nachweis dazu aus. Sie waren ein eingespieltes Team. Kristiina wünschte sich noch mehrere so zuverlässige Fachkräfte wie Marianne, aber in letzter Zeit merkte man auch in ihrem Krankenhaus den Fachkräftemangel. Der Krankenhausbetreiber war sogar dazu übergegangen, Kräfte aus dem europäischen Ausland anzuwerben. Mehr noch, vor Kurzem war eine ganze Gruppe thailändischer Krankenpflegeschülerinnen auf Station gewesen. Man muss sich selbst um seinen Nachwuchs kümmern, hatte der Krankenhausdirektor gemeint. Bis jetzt konnten die jungen Menschen noch nicht einmal Finnisch. Das konnte heiter werden! Kristiina stellte sich schon darauf ein, ihre Anweisungen eines Tages auf Englisch geben zu müssen.

Ihr Handy summte. Im Gipsraum wartete ein Patient mit Unterschenkelfraktur.

»Bin kurz drüben bei den Gipsern«, sagte Kristiina. Marianne nickte. Die Bezeichnung *Gipser* war hier allgemein verständlich. So bezeichneten sie die Kollegen, die die gebrochenen Gliedmaßen mithilfe aushärtender Materialien ruhigstellten, auch wenn diese heutzutage meist nicht mehr aus Gips waren.

Das Röntgenbild hing bereits an der Leuchtwand, als sie den Behandlungsraum betrat. Der Fachpfleger stand daneben und betrachtete es. Kristiina begrüßte den Verunglückten und warf ebenfalls einen gründlichen Blick darauf. Sie besprachen sich kurz. Der Knochen war nicht verrutscht, er zeigte lediglich einen Haarriss. Es würde ausreichen, das Bein stillzulegen. Allerdings war es jetzt schon sehr geschwollen.

»Wir bringen heute erst mal eine Schiene an«, klärte sie den Patienten auf. »Dazu bekommst du ein paar Krücken. Ab jetzt gilt null Belastung. Auch nicht kurzfristig. Schmerzmittel verschreibe ich dir ausreichend. Komm morgen wieder vorbei, spätestens übermorgen, bis dahin sollte die Schwellung zurückgegangen sein. Dann machen wir einen festen Gips dran. Hast du noch Fragen?«

Der junge Mann verneinte. Er hatte Schmerzen, man sah es ihm an. Kristiina tippte auf seine Schulter. »Wird schon. Bei jungen Menschen wachsen Knochen schnell wieder zusammen. Und von dem Schmerzmittel nimmt du jetzt gleich eine Tablette und eine zur Nacht.«

Der Fachpfleger war erfahren genug, um zu wissen, was zu tun war. Ihre Anwesenheit war nicht weiter nötig. Sie arbeitete bereits seit einigen Jahren mit ihm zusammen. Nicht jedem könnte sie das Anpassen und Anbringen einer Schiene selbst überlassen. Wieder zahlte es sich aus, eingearbeitete Kollegen um sich zu haben. Hoffentlich blieb das so. Zwei Stellen auf der Unfallchirurgie waren vakant, konnten hausintern nicht besetzt werden und waren jetzt ausgeschrieben worden. Sie alle hofften, Kollegen zu finden, die dazu noch zu ihrem Team passten.

Der Tag flog nur so dahin.

»Punkt sechs Uhr wird mir heute aber die Arbeit aus der Hand fallen«, warnte Kristiina ihre Kollegen vor. »Wenn dann noch jemand da ist, müsst ihr euch Hilfe von Station holen.« Der normale Betrieb der Ambulanz ging bis sechzehn Uhr. Da sie zeitlich in Verzug waren, hatten sie es bereits akzeptiert, zwei Stunden länger dazubleiben.

»Alles klar. Kein Problem. Wir kriegen das hin«, meinte Marianne in dem Tonfall eines Kindes, das zum ersten Mal allein gelassen wurde.

Kristiina lachte.

»Ach, übrigens«, fiel Marianne noch ein. »Heute wollte sich eine bei uns vorstellen. Hat zumindest die Verwaltung angekündigt. Eine Frau aus der Uniklinik Tampere. Das wäre natürlich ein guter Fang.«

»Mit Berufserfahrung?«, hakte Kristiina nach.

»Ja. Ein paar Jahre septische Chirurgie und Unfallchirurgie. Der Chef wollte sie heute durchs Haus führen. Ich weiß nicht, wo die bleiben.«

»Na, dann. Legen wir uns mal ordentlich ins Zeug, dass sie sich für uns entscheidet«, antwortete Kristiina und grinste.

Marianne verzog den Mund. »Ich denke, es liegt voll und ganz an den Ärzten hier in der Abteilung. Sagt doch jede Studie, dass die Berufszufriedenheit immer von den direkten Vorgesetzten abhängt.«

Kristiina lachte auf und verschwand ein Zimmer weiter. Natürlich war es übertrieben. Was zählte, war ein gutes Team, in das man passte. Trotzdem rief sie: »Ich gebe mein Bestes!«

Es war wirklich Punkt sechs Uhr, als Kristiina ihre Drohung wahr machte und den Dienst quittierte, obwohl noch einige Personen im Wartebereich saßen. Aber das waren alles nur noch

Bagatellfälle. Ihr Kollege würde gleich übernehmen. Sie schnappte sich ihre Jacke aus dem Aufenthaltsraum und hatte nur noch einen Gedanken: ihren Termin beim Friseur in einer halben Stunde. Würde sie es sich wirklich trauen, ihr Haar ganz kurz schneiden zu lassen?

»Kristiina, hast du noch kurz Zeit?«, rief Marianne ihr zu, als sie schon auf dem Gang war. Sie stand zehn Meter von ihr entfernt, neben ihr eine Schwarze Frau. Ihr beinahe schulterlanges Afro-Haar trug sie offen.

»Sorry! Bin schon weg!«, rief sie über die Schulter. Wieder so eine Auslandspraktikantin! Aber bitte nicht mehr jetzt. Sie war so gut wie weg.

Sie hastete die Treppen ins Erdgeschoss hinab, verließ die Klinik durch den Haupteingang und nahm die nächste Tram. Einsteigen konnte sie in alle, denn alle fuhren von hier in Richtung Hauptbahnhof, in Richtung Innenstadt. Sie liebte die stilvollen gelb-grünen Straßenbahnen Helsinkis mit ihren Oberleitungen. Sie fuhr zwanzig Minuten durch die Innenstadt, vorbei an mächtigen Häuserzeilen aus Ziegel oder Granit, vorbei an Einkaufspassagen, Bars und Restaurants, Parks und Denkmälern. Sie liebte Helsinki. Diese Stadt verband die Vorzüge einer Großstadt mit viel Natur, der Nähe zum Hafen, zum Meer. Dazu bot sie einem alle Möglichkeiten zur sportlichen Betätigung und ermöglichte ihr, sich täglich ihrem Hobby zu widmen – dem Ganzjahresschwimmen.

Sie stieg aus, ging die letzten Meter zu Fuß zu dem großen Einkaufszentrum. Zwei Minuten vor der abgemachten Zeit betrat sie den großzügigen Salon im Erdgeschoss.

»Moi, moi! Ich bin so was von pünktlich!«

Die drei Kundenplätze in dem geschmackvoll eingerichteten Raum waren alle besetzt. Ein junger Friseur lachte und kam auf sie zu. Er umarmte sie. Sein Name war Mikko. »Hei! Schön dich zu sehen! Du kommst zum Schneiden? Das Übliche?«

»Nein, kurz.« Kristiina hatte bei der Anmeldung mit seiner Mutter telefoniert, einer Friseurmeisterin. Ihr gehörte der Salon.

Hatte sie es ihrem Sohn nicht so weitergegeben, oder wollte er es nicht glauben?

»Wie? Kurz?«, fragte Mikko. Wenn sie seinen Gesichtsausdruck richtig las, wollte er es nicht verstehen.

Also sagte sie in aller Deutlichkeit: »Ganz kurz. Zentimeterkurz. Raspelkurz.«

Entsetzen spiegelte sich in seinem Gesicht. Es verunsicherte sie nicht, was sie selbst überraschte. Seine Mutter überließ ihre Kundin für einen Moment sich selbst und trat zu ihnen. Sie wusste Bescheid.

»Möchtest du dein Haar spenden?«, fragte sie, während ihre Hand bereits prüfend durch Kristiinas Strähnen fuhr. »Du hast wunderbares Haar. Damit könnte man anderen eine Perücke machen, wenn du es wirklich abschneiden lassen möchtest.«

Kristiina überlegte nicht lang. »Das wäre eine großartige Sache!«

»Weißt du schon, welche Frisur du haben möchtest?«, fragte Mikkos Mutter sie. Jetzt wusste Kristiina auch wieder ihren Namen. Sie hieß Sirpa.

»Noch nicht so ganz«, antwortete Kristiina.

»Dann zeige ich dir jetzt mal ein paar Bilder. Wenn du möchtest, schneide *ich* sie dir«, sagte sie. Sie wechselte einen Blick mit ihrem Sohn. Der schien ganz erleichtert darüber zu sein.

»Ich bin in zehn Minuten mit meiner Kundin fertig. So lange kannst du hier mal den Ordner mit den Frisuren durchsehen«, sagte Sirpa.

Ein guter Vorschlag. Sie würde sich gerne in ihre Hände begeben. Sirpa hatte am meisten Berufserfahrung und dazu verfügte sie selbst über einen sehr pfiffigen Stil. Kristiina setzte sich also und begann zu blättern. Ihre Frisur müsste unkompliziert sein, wie bisher auch. Durchbürsten, trocknen lassen, fertig. Was sie nicht leiden konnte, waren lange Fönaktionen vor dem Spiegel. Außerdem vertrug sich das nicht mit dem Ganzjahresschwimmen. Haare mussten in jeder Situation leicht zu händeln sein.

Nach den zehn Minuten rief Sirpa sie an den hinteren Platz.

»Und, hast du was gefunden, was dir gefällt?«

Kristiina zeigte auf eines der Models und beide Frauen berieten sich. Dann ging alles ganz rasch. Die Friseurmeisterin flocht ihrer Haare zu einem Zopf, schnitt ihn ab, legte ihn beiseite. Es erschien ihr beinahe so, als wollte sie ihr den Anblick nicht mehr zumuten. Dann bat Sirpa sie ans Waschbecken, schamponierte, massierte, wusch und spülte ganz schön lange. Es fühlte sich sehr ungewohnt an. Sirpa frottierte die kurzgewordenen Haare, kämmte sie, und Kristiina erkannte sich schon jetzt kaum mehr im Spiegel. Sirpa rollte einen fahrbaren Sattelstuhl und ihr Beistelltischchen heran und machte sich ans Werk. Noch mehr Strähnen fielen. Sirpa arbeitet schnell. Immer wieder fuhr ihr Kamm durch Kristiinas Haar, es folgten ein paar Schnitte und ein prüfender Blick in den Spiegel. Sie unterhielten sich nebenbei, beziehungsweise Sirpa erzählte ihr etwas. Irgendetwas von ihrer Sommerhütte, Kristiina nahm es nur am Rande wahr. Sie verfolgte ihre Veränderung im Spiegel. Der Schnitt war asymmetrisch. Stellenweise sehr kurz, im Nacken sanft auslaufend.

Es dauerte noch eine ganze Weile. Sirpa schnippelte hier und da noch ein bisschen, bis sie endlich zufrieden sagte: »Du kannst mit etwas Gel deine Haare jetzt ganz unterschiedlich stylen. Je nachdem, was du vorhast. Entweder nach vorn oder elegant nach hinten gekämmt«, sagte sie bewundernd und demonstrierte es ihr. Mikko und die anderen beiden Kundinnen des Salons verfolgten Kristiinas Veränderung mit unverblümtem Interesse. Unüblich bei den sonst so zurückhaltenden finnischen Frauen. Ein letzter Blick in den Spiegel zeigte sie, wie sie schon immer gewesen war: auffallend schön und selbstbewusst.

Auch Sirpa war sichtlich stolz. »Gerne würde ich von dir ein Foto machen und es in unser Schaufenster stellen. Das wäre eine tolle Werbung für uns. Was meinst du?«

Kristiina zögerte.

»Kunden, die sich dazu bereit erklären, bekommen dreißig Euro Nachlass«, versuchte Sirpa sie zu überreden.

Kristiina lächelte. Das Geld kümmerte sie weniger als die Tatsache, öffentlich in einem Schaufenster ausgehängt zu werden. Aber letztendlich willigte sie ein. Mikko schoss Bilder von ihr aus verschiedenen Perspektiven. Glücklich zahlte sie zwanzig Euro und verließ den Salon.

Wohin jetzt? Der Abend erschien ihr noch zu jung, um nach Hause zurückzukehren. Sie entschloss sich, ihre Eltern zu besuchen. Das war eine weitere Viertelstunde mit der Tram. Bevor sie einstieg, kündigte sie sich telefonisch an. Ihre Eltern freuten sich.

»Bleibst du zum Essen?«, fragte ihre Mutter. »Ich bin gerade am Kochen.«

»Da sage ich nicht nein.«

Drei

Am nächsten Morgen kam Kristiina müde zur Arbeit. Es war spät geworden. Ihr Vater hatte zur Feier des Tages eine Flasche Wein geöffnet. »Auf meine schöne Tochter!«, hatte er ausgerufen.

Überhaupt war er auffallend fröhlich gewesen, und Kristiina hatte sich zum wiederholten Mal vorgenommen, ihre Eltern öfter zu besuchen. Aber die Wochen vergingen so schnell. Da waren ihre Freunde vom Ganzjahresschwimmen, mit denen sie auch regelmäßig saunierte und sich zum Sport traf. Da waren ihre freien Tage, an denen sie auch mal ausschlief und den restlichen Tag in der Jogginghose vergammelte. Sie benötigte diese kleine Auszeit, diesen inneren Rückzug, den sie mit Lesen verbrachte oder etwas Kreativem. Die wenigen freien Stunden vergingen so rasch und schon war sie wieder in der Klinik.

»Huomenta«, grüßte sie den Diensthabenden. Eine turbulente Nacht mit etlichen Notfällen lag hinter ihm. Ihr Kollege berichtete von den Patienten, die in den nächsten Tagen zur Weiterbehandlung kommen würden. Kaum war er weg, rief sie den ersten Wartenden herein.

Ihr erster Patient drückte mit einem Taschentuch auf eine

Wunde am Unterarm. Es war blutgetränkt. Er war mit dem Teppichmesser ausgerutscht.

Irgendwann kann ich ein Buch schreiben über sämtliche Missgeschicke aller Handwerker.

»Das haben wir gleich«, sagte sie. Wo war Marianne? Sie bräuchte zwei weitere Hände, um die Wunde zu säubern. Sie legte sich schon mal ausreichend Mulltupfer und eine Spülflasche mit nicht brennendem Desinfektionsmittel zurecht. Dann öffnete sich die Tür zum Behandlungszimmer. Na, endlich.

Doch da kam nicht Marianne, sondern dieselbe Schwarze Frau von gestern Abend. Heute steckte sie in Arbeitskleidung. Das hieß, sie machte ein Schnupperpraktikum. Dann konnte sie ihr gleich etwas zur Hand gehen.

»Könntest du mir die Nierenschale drunterhalten, während ich spüle?«, fragte Kristiina.

Die Frau reagierte nicht. Kristiina öffnete den Mund, um ihre Bitte auf Englisch zu wiederholen.

Die Frau kam ihr zuvor: »Klar doch! Ich bin übrigens Grace.« Sie sprach sehr gutes Finnisch.

»Hei, ich bin Kristiina.«

Grace zog sich Handschuhe an, hielt mit einer Hand die Schale, mit der anderen die Flasche mit der Spüllösung. »Ich kann auch spülen, dann hast du beide Hände frei.« Ihre Stimme hatte einen angenehm warmen Klang, und Kristiina glaubte sogar einen Dialekt herauszuhören. War Finnisch ihre Muttersprache? »Gute Idee«, antwortete sie. *Wie schön. Eine Praktikantin, die sich vom ersten Tag an nützlich machte.*

Zu dem Patienten sagte Kristiina: »Das brennt vielleicht ein bisschen.« Er sah ziemlich blass aus, und so versuchte sie ihn etwas aufzuheitern. »Ein sauberer Schnitt«, meinte sie anerkennend. »Wenn der Teppich auch so exakt zugeschnitten ist, hast du gute Arbeit geleistet.«

Der Patient lachte. Die beste Art zu verhindern, dass jemandem schlecht wurde.

»Das nähen wir jetzt aber mal wieder zu, und ich versuche

das mal genauso exakt zu machen wie du«, erklärte Kristiina. Sie stand auf, suchte sich ein Lokalanästhetikum aus der Schublade, eine Spritze und eine Kanüle.

»Soll ich das aufziehen?«, fragte Grace.

»Geht schon. Danke«, sagte Kristiina knapp, zog die benötigte Menge auf und injizierte es an verschiedenen Stellen um die Wunde herum. Es brauchte nun ein paar Minuten, um einzuwirken. So lange richtete sie sich Nahtmaterial und eine sterile Schere auf einem Tablett. Wenn Marianne da gewesen wäre, hätte sie das machen können. Wo war sie eigentlich?

Marianne kam erst, als der Schnitt bereits fein säuberlich vernäht war.

»Ah, du bist schon da«, hörte Kristiina sie zu der Praktikantin sagen. »Schön, wenn du assistierst, dann kann ich ja wieder zur Aufnahme nach vorn.« Doch bevor sie wieder verschwand, sagte sie zu Kristiina: »Grace ist die Fachkraft aus Tampere, von der ich dir erzählt habe. Wir müssen sie gut behandeln, damit sie bei uns bleibt.« So, wie sie es sagte, wusste Kristiina, dass die beiden sich bereits bestens verstanden.

Oh!, wäre ihr beinahe herausgerutscht. Das war peinlich. *Die Fachkraft aus Tampere!* Gott sei Dank hatte sie sich mit ihrem Vornamen vorgestellt und nicht als Doktor Lundt. Das wäre einer Praktikantin gegenüber auch angemessen gewesen. Unter Kollegen jedoch war es üblich, sich zu duzen, es sei denn, man hatte es mit dem Chefarzt persönlich zu tun.

Kristiina bestrich die frische Naht mit desinfizierender Tinktur, legte Kompressen auf und verband sie. Insgeheim war sie froh darüber, etwas tun zu können, um diese Peinlichkeit zu überspielen. Als sie fertig war, fragte sie ihren Patienten, der die ganze Zeit ruhig und geduldig dagesessen hatte: »Hast du noch Fragen?«

Nein, hatte er nicht. Er stand auf und verschwand mit einem erleichterten Gruß.

»In zehn Tagen zum Fädenziehen kommen!«, rief sie ihm hinterher.

Danach konnte sie also so tun, als wäre es ihr jetzt erst möglich, die Pflegefachkraft richtig willkommen zu heißen. »Es freut mich, dass du dich für die Ambulanz interessierst«, sagte sie höflich und lächelte besonders freundlich.

»Danke, ich wollte gerne einen Tag reinschnuppern, bevor ich mich für eine Abteilung entscheide«, antwortete Grace und erwiderte ihr Lächeln.

»Wie kommt es, dass du von Tampere nach Helsinki wechselst?«, fragte Kristiina. *Durfte sie das fragen, ohne allzu neugierig zu erscheinen?* Durch ihre Fehleinschätzung war sie nun unsicher.

Doch Grace antwortete ihr ganz ungezwungen: »Ich habe einen Haufen Freunde hier, und bei denen wurde ein Zimmer in ihrer WG frei. Ich wollte schon immer mal eine Zeit lang in Helsinki wohnen.«

»Du lebst in einer WG?«, wiederholte Kristiina und sah sie erstaunt an. War sie nicht zu alt für so eine Wohnform? Immerhin handelte es sich bei ihr um keine Studentin mehr.

Grace hob eine Augenbraue. »Ja.« Ihre Augen blitzten amüsiert auf. Große, warme Augen in einem schönen Gesicht. »Du offenbar nicht.« Jetzt grinste sie ganz offen.

WOM! Schon wieder ein Fettnäpfchen.

»Entschuldige«, sagte Kristiina.

Sie müsste nun weitergehen ins nächste Behandlungszimmer und doch zögerte sie. Sie konnte ihren Blick noch nicht von Grace losreißen. Sie hatte eine so offene und sympathische Ausstrahlung. Und diese Haare! Es sah aus, als hätten immer einige Haare zu einer Strähne zusammengefunden. *Wie hält das bloß zusammen?*, fragte sie sich insgeheim.

Und da bemerkte sie, dass auch Grace sie mit demselben aufmerksamen Blick betrachtete. Und dann sagte sie zu ihr: »Ich hab dich gestern auf dem Gang nur noch flüchtig gesehen und hatte dich heute nicht gleich wiedererkannt. Entschuldige, wenn ich dich blöd angestarrt habe.«

Kristiina kam es vor, als spräche Grace ihren Text. Rollentausch. Sie hatte Grace nicht weniger angestarrt und die völlig falschen Schlüsse gezogen. »Schon okay«, sagte sie großzügig.

Doch Grace entließ sie nicht so ohne Weiteres. Sie hatte ihre Irritation sehr wohl registriert. »Und du hattest wahrscheinlich angenommen, ich sei die Praktikantin aus Afrika, was?«

Eine Frage, die ins Mark traf. Kristiina holte tief Luft, bevor sie antwortete. »Ja, vielleicht so etwas Ähnliches. Es tut mir leid«, entschuldigte sie sich wieder bei ihr. Bereits zum zweiten Mal. Das konnte ja lustig werden mit ihr.

Mit Erleichterung sah sie, wie Grace wieder grinste. »Das passiert mir laufend, ist nicht schlimm. Ich bin schon daran gewöhnt. Meine Eltern kommen beide aus Namibia. Aber ich bin in Tampere geboren«, verdeutlichte sie ihre Herkunft.

Deshalb also ihr gutes Finnisch! Deshalb sogar dieser Akzent. Wie konnte sie nur allein durch ihr Äußeres annehmen, Finnisch sei für Grace eine Fremdsprache?

Und als hätte Grace ihre Gedanken erraten, sagte sie: »Finnisch ist meine Muttersprache. Dazu habe ich in der Schule noch Schwedisch und Englisch gelernt und etwas Deutsch.«

Peinlich berührt schritt Kristiina zur Tür. »Ich geh mal weiter.« Dann erinnerte sie sich daran, dass Grace nur zur Probe hier arbeitete. »Wie lange bist du denn heute bei uns?«

»Bis zum Mittag. Danach sehe ich mich auf der septischen Chirurgie um.«

»Gestern warst du doch auch schon hier. Du arbeitest zwei Tage zur Probe? Unentgeltlich?«

»Nein, gestern habe ich mich nur umgesehen. Ich möchte ein bisschen die Arbeitsatmosphäre schnuppern, bevor ich mich für etwas entscheide.«

Kristiina nickte. Das konnte sie gut verstehen, nicht nur in ihrem speziellen Fall.

Grace folgte ihr wenig später ins Nebenzimmer und so arbeiteten sie die nächsten zwei Stunden miteinander und Marianne hielt sich ganz bewusst im Hintergrund. Sie erledigte den Schriftkram bei der Aufnahme, um den beiden Frauen die

Chance zu geben, ihre Teamtauglichkeit zu prüfen. Und als Grace sich zum Mittag verabschiedete, sagte Kristiina zu ihr: »Wir würden uns freuen, wenn du dich für die Ambulanz entscheidest.« Da Grace nur mit einem *Danke* reagierte, legte Kristiina etwas nach: »Vergiss nicht: Hier haben wir Kernarbeitszeiten, von den Bereitschaftsdiensten einmal abgesehen.« Sie ahnte aber, dass diese Tatsache für Grace eine untergeordnete Rolle spielte. Sie hoffte, Grace nähme ihr den etwas holperigen Start nicht übel. Als Fachkraft war sie kompetent, dazu außerordentlich freundlich und verfügte über einen feinen Humor. Besser als mit ihr konnten sie es gar nicht treffen.

Vier

Grace gefiel die Arbeit in der chirurgischen Ambulanz ganz gut. Dieser hohe Patientendurchlauf konnte stressig sein, hatte aber auch etwas Erfrischendes. Die klassische Wundversorgung war ein Gebiet, das ihr schon immer gefallen hatte. Andererseits, wenn sie sich selbst gegenüber ehrlich war, würde sie in Gegenwart dieser Ärztin jeden Job attraktiv finden. *Also, Ruhe bewahren und ganz neutral entscheiden*, mahnte sie sich selbst.

Sie sah Marianne hinter dem Schalter der Anmeldung und schritt darauf zu. »Hei, ich verschwinde. Ich wollte nur rasch Tschüss sagen!«

Marianne winkte sie zu sich herein. »Und? Sag schon, wie ist dein Eindruck von uns?«

»Ihr seid gut organisiert und ein nettes Team. Schön hier.«

Marianne grinste zufrieden. »Du weißt, was du zu tun hast. Geh zur Verwaltung und unterschreib deinen Arbeitsvertrag!«

»Jetzt lass mich erst noch die septische Station ansehen, um mir ein vollständiges Bild zu machen«, antwortete Grace. Sicher fühlte sie sich hier ganz wohl und mit Marianne hatte sie ganz gewiss eine super Kollegin gefunden. Sie hatte rasch herausgefunden, dass sie nicht allzu weit entfernt von ihr wohnte. Beide wohnten im Stadtteil Kallio. Das war die hippste Ecke von

Helsinki. Dort sammelte sich die Künstlerszene, nebenbei gab es die meisten Kneipen und Bars. Heute Abend wollten sie sich in einem Club treffen, in dem Grace ab und zu schon mit einer Band aufgetreten war, als sie noch in Tampere gewohnt hatte. Grace spielte Saxophon, und das ziemlich gut.

»Meinetwegen, guck' s dir an und entscheide dich für uns, und heute Abend treffen wir uns im Club und stoßen darauf an. Was hältst du davon?«

Grace grinste. »Klingt nach einem richtig guten Plan.«

»Um acht im *Coco*!«, rief Marianne ihr hinterher.

»Acht wird mir nicht reichen, aber ich komme gleich nach Dienstschluss!«

Die Schicht auf der septischen Station endete regulär um acht. Sicher könnte sie früher gehen, denn sie würde an der Übergabe nicht teilnehmen müssen. Aber vor halb neun würde sie dort nicht auftauchen.

Grace aß zu Mittag und ging dann auf Station. Die Kolleginnen dort erschienen ihr ebenfalls freundlich und bemüht, aber auf der Ambulanz hatte es ihr tatsächlich besser gefallen. Vielleicht war es die betont lockere Atmosphäre dort. Dazu dieses Kommen und Gehen und das Gefühl, jemandem geholfen zu haben. *Und natürlich Frau Doktor Kristiina Lundt!*, dachte sie wieder.

Von all dem abgesehen, wäre es gut, sie würde frühestmöglich anfangen. Sie brauchte das Geld.

Grace ergatterte gegen halb neun ein kleines Tischchen in ihrem Lieblingsclub und winkte wenig später Marianne zu sich, die kurz nach ihr eintraf. Sichtlich erleichtert, dass sie schon da war, schlängelte sie sich durch die an der Bar Stehenden. Grace stand auf und umarmte sie, als wären sie schon alte Freundinnen.

»Na, wie ist es gelaufen?«, wollte Marianne als Erstes wissen, als sie sich Grace gegenübersetzte.

»Gut.« Grace lächelte.

»Was gut?« Marianne erschrak.

Grace lachte, als sie ihr Gesicht sah. Es war nicht schwer, Mariannes Gedanken zu erraten. »War schon okay. Aber nicht halb so schön, wie bei euch.«

Marianne atmete auf. »Dann kommst du also wirklich?«

»Ich denke schon. Bei euch gefällt mir die Arbeitsatmosphäre. Und Kristiina ist in Ordnung. Am Anfang hatte ich befürchtet, sie hätte etwas gegen mich, aber ich glaube, da habe ich mich getäuscht.«

»Ich arbeite gerne mit ihr zusammen. Sie hat mich noch kein einziges Mal angemeckert.«

Grace nickte. »Ja, sie macht einen offenen Eindruck.«

»Wir haben uns so gewünscht, dass sich jemand mit Berufserfahrung bewirbt und auch mal länger bleibt. Ich habe keine Lust mehr, immer Neue einzulernen.«

Grace hörte die versteckte Frage dahinter. »Ich bleibe. Keine Sorge«, versicherte sie ihr.

Eine junge Frau kam an ihren Tisch, fragte nach ihren Wünschen. Marianne bestellte sich ein Blaubeer Siideri, Grace ein Bier.

»Das erste Aufeinandertreffen mit Kristiina war ganz schön peinlich«, gestand Grace nach dem ersten Schluck.

»Warum?«

»Ich war so baff, als ich ins Behandlungszimmer gekommen bin. Ich habe nicht gleich begriffen, dass die Frau, die da saß, Doktor Kristiina Lundt war. Gestern Abend hatte sie noch lange Haare. Gott sei Dank tragt ihr alle euer Namensschild.« Sie unterschlug Marianne, dass sie von ihrem Anblick fasziniert gewesen war. Was für eine hübsche Frau!

Marianne giggelte. »Sie sieht wirklich cool aus, was? Mit den kurzen Haaren hat sie nochmal eine ganz andere Ausstrahlung. So … so …« Sie suchte nach Worten.

»Sexy«, schlug Grace vor.

»Genau«, bestätigte Marianne. »Echt scharf.«

»Mhm«, machte Grace und zog eine Grimasse. Das konnte man wohl sagen.

»Wann fängst du bei uns an?«, fragte Marianne.

»Sobald es geht. Ich brauche die Kohle. Ich muss noch die Kaution für mein Zimmer zahlen.«

»Hast du nichts Erspartes?«

»Ist alles draufgegangen für mein neues Saxophon. Und wegen Corona kamen keine Auftritte mehr. Jetzt ist es etwas lau in meiner Kasse.«

»Dann verhandele doch mit der Verwaltung, ob du nicht schon zur Mitte des Monats anfangen kannst. Das wäre doch genial!«

Grace nickte nachdenklich. »Eines solltest du vielleicht noch über mich wissen, wenn wir zukünftig zusammenarbeiten. Ich habe nämlich keine Lust, dir etwas vorzumachen.« Sie hielt Mariannes Blick fest. »Ich bin lesbisch.«

»Oh.« Marianne holte Luft, seufzte etwas. »Nur einer Randgruppe anzugehören, war dir wohl zu langweilig, was?«

Grace lachte auf. Ein sehr herzliches Lachen. »Ich seh' schon, wir werden uns super verstehen!«

»Du bist für uns die Idealbesetzung. Die beiden Jungs vom Gipsraum haben auch schon angefragt, wann du anfängst.«

»Na dann!« Grace hob ihr Glas, stieß mit ihr an. »Schön, dass ich euch gefunden habe.«

»Willkommen im Team, Grace!«, sagte Marianne.

»Kannst du nicht Bui zu mir sagen? Alle meine Freunde nennen mich so.«

»Bui?«, wiederholte Marianne und verzog ihr Gesicht zu einer verständnislosen Grimasse.

»Ja, von Wambui. Ich heiße Grace Wambui. Aber ich hasse Grace. Das klingt so gestelzt.«

»Also dann: herzlich willkommen im Team, Bui!«, korrigierte sich Marianne. Ja, das passte irgendwie zu ihr.

Fünf

»Herzlich willkommen im Team«, sagte auch Kristiina zwei Tage später zu Grace. Zu ihrer Überraschung hatte die Krankenhausverwaltung sie von einem Tag auf den anderen eingestellt. »Es freut mich sehr, dass das so schnell geklappt hat.«

Ab jetzt begann die offizielle Einarbeitungsphase. Grace musste zuerst in die Näherei, sich die passende Dienstkleidung raussuchen und mit Namensschildern versehen lassen. Das nahm beinahe zwei Stunden in Anspruch. Als sie wiederkehrte, war der Wartebereich brechend voll. Doch Grace arbeitete mit, als würde sie schon längst dazugehören. Das digitale Aufnahmeprocedere der Patienten unterschied sich kaum von dem in Tampere, sagte sie. Eine Tatsache, die den Einlernprozess enorm abkürzte. Grace stellte ein paar gezielte Fragen, dann war sie auch schon in der Lage, den nächsten Patienten anzulegen. Zwischendurch assistierte sie Kristiina, desinfizierte die Behandlungszimmer, füllte Material auf, verband, spritzte, steuerte den Patientenfluss.

Sie war eine enorme Hilfe. Das Einzige, was Kristiina im Laufe der nächsten Tage aufstieß, war das Verhalten mancher Patienten Grace gegenüber. Kristiina hätte es nicht für möglich gehalten, dass Finnen bei einer Schwarzen Krankenschwester anders reagieren könnten als bei einer weißen. Aber genau das war der Fall. Im Jahre 2022! Natürlich gab es kleine Kinder, die sie staunend betrachteten. Manche von den ganz Kleinen versuchten, ihr ins Haar zu fassen, weil sie davon fasziniert waren. Es war süß mit anzusehen, wie Grace darauf reagierte. Sie hatte ein großes Herz, stellte Kristiina fest. Sie ging auf Kinder zu, machte ihre Späße mit ihnen.

Mit Grace veränderte sich ihr Team. Ihr Umgang untereinander wurde offener und direkter, aber auch privater. In den Pausen redeten sie über ihre Hobbys und, was sie nach Feierabend machten.

Nach einer Woche fragte Grace sie: »Wie ist das eigentlich mit dem Ganzjahresschwimmen? Gehst du jeden Morgen erst mal ins kalte Wasser?«

»Nicht jeden. Manchmal bleibe ich auch im Bett. Aber das bereue ich dann oft. Es tut einfach gut, am Morgen erst mal kalt einzutauchen. Du bist dann für den ganzen Tag fit«, antwortete Kristiina.

»Das wäre nichts für mich«, gestand Marianne, und ihr Kollege vom Gipsraum stimmte wortreich zu.

Grace hingegen überlegte. »Gibt es einen speziellen Ort dafür? Ich glaube, in Tampere hatten wir auch solche besonderen Badestellen für die Ganzjahresschwimmer.«

»Warum hast du es nie ausprobiert?«, fragte Kristiina.

»Ich habe mich bisher noch nicht getraut. Ich hatte niemanden, der mich dabei begleitet hätte. Und allein konnte ich mich nicht dazu durchringen.«

»Dann komm morgen früh mit«, sagte Kristiina, ohne lange zu überlegen. »Ich gehe immer zu der am Tove Janson Park, in der Kanavarauta. Kommst du beinahe direkt mit der Tram hin, musst nur noch die paar Meter zum Strand hinunterlaufen. Dort gibt es beheizte Umkleidekabinen und Duschen. Es gibt sogar Saunen. Die sind aber nur abends in Betrieb. Das Ganze wird vom Verein der Winterschwimmer betrieben.«

»Muss man das nicht langsam angehen? Also im Sommer anfangen und sich dann langsam in den Herbst hineintasten?«, erkundigte sich Grace.

»Nein, man geht hin, taucht ins Wasser und gut ist. Hinterher duschst du dir das Salzwasser ab und gehst zur Arbeit.«

»Wie kalt ist das Wasser zur Zeit?«

»Ungefähr fünf Grad.«

»Waaas?« Das Weiß ihrer Augen stach aus dem dunklen Gesicht. »Und du bist noch nie krank davon geworden?«

Kristiina lachte auf. »Nein.« Grace sah süß aus, wenn sie sich empörte!

»Okay. Ich mach's. Muss ich einen Bikini mitbringen?« Grace gab sich fest entschlossen.

»Ja. Es ist schließlich ein öffentlicher Strand.«

»Gut, ich bin dabei.« Grace presste die Lippen zusammen. Sie verheimlichte ihre Bedenken nicht, machte aber keinen Rückzieher. Sie tat es nicht als Scherz ab wie so manche Kollegen, die Kristiina schon alle großmäulig begleiten wollten. Es imponierte ihr. Es gehörte einiges dazu, im April mit dem morgendlichen Eintauchen zu beginnen. Da war das Meer am Hafen gerade mal eisfrei.

»Morgen früh um sieben?«, fragte Kristiina. Jetzt wäre Grace' letzte Chance, es sich noch einmal anders zu überlegen.

»Wo muss ich hinkommen?«, fragte Grace.

»Tove Janson Platz«, wiederholte Kristiina, »Kanavaranta vier.«

Grace nickte.

»Bring ein Paar Badeschlappen mit und ein großes Handtuch, in das du dich einwickeln kannst«, sagte Kristiina noch. Und ab da war sie wirklich gespannt!

Sechs

Am nächsten Morgen verließ Kristiina wie immer ihr Haus in der Aleksanterinkatu, eingemummt in eine wattierte Jacke und mit Mütze auf dem Kopf. Sie trug sogar noch Handschuhe und ein warmes Halstuch. Das Thermometer zeigte sechs Grad. Alles, was sie für heute benötigte, befand sich in ihrem kleinen Rucksack, den sie auf dem Rücken trug. An den Füßen trug sie ihre Winterjoggingschuhe mit den Spikes. Heute Morgen benötigte sie sie noch. Die Gehwege waren matschig. Auch wenn hier, wie überall, Sand gestreut war, war es an manchen Stellen trotzdem glatt. Man musste etwas aufpassen.

Sie lief die kurze Strecke entlang den Schaufenstern der vielen Geschäfte in Richtung Markthalle, passierte das Hafengelände hinüber zum Tove Janson Platz in den üblichen sechs Minuten. Schon auf der Strecke hielt sie Ausschau nach Grace. Aber es fiel ihr niemand auf, der außer ihr zum Strand wollte. Sie bog ab, hinunter zu dem Häuschen mit den Umkleidekabinen.

An manchen Abenden im Winter, wenn sie nach einem angespannten Tag zur Ruhe kommen wollte, war sie hierher in die Frauensauna gekommen und zwischen den Gängen ins

Eisloch getaucht. Es hatte jedes Mal einen ganz besonderen Zauber.

Sie hoffte inständig, Grace würde tatsächlich hier sein, als sie die Tür zur Damenumkleide öffnete. Wobei sie sich im selben Moment fragte, warum es ihr so wichtig war.

Und wirklich! Da saß sie. Außer ihnen beiden war niemand anwesend.

»Hei, guten Morgen!«, sagte Kristiina begeistert. Grace hatte also Rückgrat! Das war es, was sie wissen wollte.

»Hei!«, antwortete Grace und warf ihr einen Blick zu, der Bände sprach. Das Weiß ihrer Augen wurde wieder etwas größer.

Kristiina grinste. »Wartest du schon lange? Mit welcher Tram bis du gekommen?«

»Ich warte seit zehn Minuten oder so.«

Kristiina hatte sie in Verdacht, dass sie schon länger hier war.

»Und du kommst jeden Morgen hierher?«, fragte Grace nochmal und schaute sich um.

»Fast jeden Morgen«, sagte Kristiina ebenfalls zum wiederholten Mal.

»Wohnst du hier in der Nähe?«

»Aleksanterinkatu.« Kristiina musste nicht erklären, wo sich diese Straße befand. Alle kannten sie, weil es eine der berühmtesten Passagen Helsinkis war. Allein von ihrem Gehalt als Ärztin könnte sie sich so eine Adresse kaum leisten. »Dann wollen wir mal«, sagte sie gut gelaunt zu Grace. »Hast du Badeschuhe dabei?«

»Ja.« Grace sah aus, als würde sie jetzt schon frieren, allein bei dem Gedanken, bei diesen Temperaturen ins Wasser steigen zu müssen.

Betont unbekümmert entledigte sich Kristiina ihrer Kleider, legte sie ordentlich gefaltet auf die Bank, schlüpfte in ihren Bikini und in Badeschlappen. Dann wickelte sie sich in ein großes Handtuch, setzte die Mütze auf.

»Handschuhe nicht?«, fragte Grace, die ihr bis zu diesem Punkt alles nachgemacht hatte.

»Nein, die hat man nur bei Minusgraden an, wenn du ins Eisloch steigst. Damit deine Hände nicht an der Metallleiter festfrieren.« Grace hatte sich also schlau gemacht. Wie schön.

Mit gelber Mütze auf dem Kopf, roten Schlappen an den Füßen und in ein übergroßes regenbogenfarbenes Handtuch gewickelt, stand Grace ihr gegenüber. Ein bunter, lebensfroher Anblick, der Kristiina noch bessere Laune machte. Grace war ungefähr so groß wie sie und hatte eine überraschend sportliche Statur. Das hätte sie gar nicht angenommen. Letzte Zweifel, sie könnte es nicht schaffen, verflogen.

Sie gab ihr letzte Anweisungen. »Wir gehen jetzt raus, gehen zielstrebig auf den Steg zu, steigen hinab ins Wasser, tauchen kurz ein und kommen wieder hierher zurück. Alles klar?«

Grace nickte tapfer.

Ihre Bedenken würden sich steigern, sobald sie das Meer sehen würde. Da drehten manche wieder um und flüchteten ins Warme. Kristiina öffnete die Tür. Beißende Kälte griff nach ihrer nackten Haut.

»Los geht's!«

In zügigen Schritten gingen sie über den knirschenden Sand. Sie erreichten den hölzernen Steg, der immer noch mit Kies gestreut war, damit man nicht ausrutschte, falls es noch einmal gefrieren sollte, und schritten bis ganz nach vorn zum Einstieg.

Grace bibberte. »Oh mein Gott! Auf was habe ich mich da eingelassen?«

Kristiina hatte nur darauf gewartet. »Das schaffst du. Du wirst es sehen. Und hinterher bist du stolz auf dich!«

Die Eisschollen vom letzten Monat waren allesamt verschwunden, das Meer war wieder völlig befreit. Kristiina hängte ihr Handtuch über das Geländer, hielt sich mit einer Hand fest und stieg ins Wasser. Sprosse für Sprosse. Nicht zu langsam, nicht zu schnell. »Das kalte Wasser sticht wie Nadeln. Aber du stirbst nicht davon.« Grace sah aus, als mühte sie sich mit ganzen Kräften, ihr zu glauben. Kristiina bewunderte sie heimlich dafür.

Als Kristiina Boden unter den Füßen hatte, sagte sie: »Und jetzt du. Rasch!« Der Schmerz setzte ein. Auch wenn sie mit dieser Reaktion ihres Körpers längst vertraut war, gewöhnte sie sich nicht daran. Abermillionen Nadeln wirkten auf sie ein und ihr Herz hämmerte energisch. Kristiina zählte leise. In der Regel hielt sie es dreißig Sekunden aus. Hoffentlich war Grace bis dahin im Wasser und auch wieder draußen. Als Anfängerin wäre es für sie eine großartige Leistung, kurz bis zum Hals einzutauchen. »Nichts denken, Grace. Einfach rein«, drängte sie.

Und Grace tat es. Nicht ohne Entsetzen, das sich in ihrem Gesicht spiegelte. Gänsehaut überzog jede Stelle ihres Körpers, als sie einstieg. Aber sie tauchte wirklich ganz ab. Bis zum Hals, und war einen Augenblick später wieder draußen.

Kristiina kam sofort hinterher. »Du hast es geschafft!«, jubelte sie. Sie wickelten sich in ihre Handtücher. Es war nicht der Moment zum Stehenbleiben. Grace eilte zurück zu der Umkleidekabine, Kristiina folgte ihr gemächlicher. *Wow! Das hat sie wirklich gut gemacht!*

Sie zogen sich die Bikinis aus, stellten sich unter die Dusche, deren lauwarmes Wasser ihnen jetzt brühend heiß vorkam. Die Haut prickelte wie verrückt. Sie spülten sich das Salzwasser ab, und Kristiina wusch sich das Haar wie jeden Morgen, seit sie so kurz waren. Sie tat es mit gewohnter Routine, sonst wäre sie der Versuchung erlegen, zu Grace hinüberzusehen, deren nass glänzende Haut ihre Blicke anzog.

Sie rubbelten sich trocken und schlüpften in ihre Kleider. »Man fühlt sich total lebendig im Nachhinein«, freute sich Grace. »Wenn ich das Marianne erzähle!«

Kristiina sah sie an und hatte plötzlich das dringende Bedürfnis, sie in die Arme zu schließen. Sie erschrak darüber. Natürlich tat sie es nicht.

Das Prickeln auf der Haut war immer noch da. Der Rausch der Hormone. Durch den Kaltwasserschock wurden Serotonin,

Dopamin und Oxytocin ausgeschüttet. Wahrscheinlich war es Letzterem zu verdanken, dass sie Grace gerne berühren wollte. Es war schon eigenartig, wie individuell man auf Eisschwimmen reagierte.

Grace war ganz im Glück. »Ich fühle mich so energiegeladen, so unüberwindbar.« Im Scherz ballte sie eine Faust, beugte den Unterarm. Ein deutlicher Bizeps bildete sich ab. »Das habe ich mir schon immer mal gewünscht.«

»Das hättest du viel früher haben können. Wärest du es mal alleine angegangen!«, frotzelte Kristina, während sie sich ihr Haar frottierte.

»Ich hatte doch Angst, ich würde es nicht überleben.« Grace lächelte dankbar. Ihr Blick blieb an Kristiina hängen, deren Finger nun durch ihr Haar fuhren und ein paar Strähnen so hin zupften, wie sie hingehörten. Es war vergeudete Liebesmüh, denn kurz darauf setzten sich beide Frauen ihre Mützen auf, schlüpften in ihre Jacken und verließen die Umkleidekabine.

Eine rüstige Frau kam ihnen entgegen. Für die heutige Außentemperatur etwas zu leicht bekleidet.

»Guten Morgen, Eeva!«, grüßte Kristiina. Eeva gehörte zu den ältesten Ganzjahresschwimmerinnen des Vereins. »Du bist heute spät dran.«

»Morgen, Mädels«, grüßte Eeva zurück. »Ja, ich habe verschlafen. Wie lange warst du denn drin?«

»Dreißig Sekunden.«

»Und deine Freundin auch?«, fragte sie ungläubig. Sie sprach Grace nicht direkt an, ihr Blick blieb auf Kristiina gerichtet.

»Ja«, antwortete Kristiina nur.

Eeva schien sichtlich beeindruckt. »Das ist natürlich eine ganz besondere Leistung für so ein Mädchen.«

Kristiina glaubte, sich verhört zu haben. Was sollte das denn heißen? *Für so ein Mädchen?* Weil sie an solche Temperaturen offenbar nicht gewöhnt war?

»Danke für das Kompliment«, sagte Grace, bevor Kristiina reagieren konnte. »Ich hatte auch etwas Angst davor gehabt, aber ich wurde wunderbar angeleitet.« Sie lächelte höflich.

Eevas Augen wurden groß. Keine Frage, sie war verblüfft. Kristiina konnte ihre Gedanken geradezu lesen: *Oh, die spricht ja sogar finnisch!* Und ehe Kristiina nun ihrem Unwillen Luft machen konnte, zog Grace sie weiter. »Unsere Tram kommt in drei Minuten.«

Als sie eingestiegen waren und die letzten Plätze nebeneinander ergatterten, fragte Kristiina geradeheraus: »Passiert dir das öfter?« Sie brauchte nicht näher zu erklären, was sie meinte. Grace wusste es sofort.

»Dass Leute annehmen, ich könnte kein Finnisch oder ich würde sie nicht verstehen?«, fragte sie trotzdem. Sie hatte offenbar kein Problem damit, darüber zu reden. »Na klar. Täglich.«

Die Art, wie sie es sagte, schmerzte Kristiina. Sie warf einen betretenen Blick durch die Scheibe, flüchtete sich für einen kurzen Moment zu den vorbeiziehenden Häuserfassaden. Das durfte ja nicht wahr sein! Da fiel ihr ein, dass sie auch nicht besser gewesen war. Als sie Grace das erste Mal gesehen hatte, hatte sie auch angenommen, sie wäre die ausländische Praktikantin. Jetzt war es ihr noch unangenehmer.

Eine Zeit lang schwiegen sie. Aber nicht lange. Dazu hatte der Tag viel zu schön begonnen.

»Danke, dass du mich mitgenommen hast«, sagte Grace. Jetzt leuchteten ihre Augen wieder.

Was für eine außergewöhnlich hübsche Frau, dachte Kristiina wieder. Sie mochte sie. »Ich hatte für einen Moment befürchtet, du würdest nicht kommen«, sagte sie der Wahrheit entsprechend. »Und das hätte mich wirklich enttäuscht.«

»Wenn ich sage, ich komme, dann komme ich auch.«

»Es haben sich schon etliche angekündigt und kurz davor

wieder abgesagt.« Kristiina machte eine Pause, ehe sie für einen kurzen Moment Grace' Arm berührte. »Wenn irgendjemand über finnischen Sisu verfügt, dann du.«

Sisu ist die Bezeichnung für Durchhaltevermögen, für Zähigkeit, und wird manchmal auch mit etwas Dickköpfigkeit gleichgesetzt. Es soll typisch für die finnische Bevölkerung sein, die diese Eigenschaft im Laufe ihrer geschichtlichen Entwicklung auch bitter nötig hatte. Nicht nur damals im Winterkrieg gegen Russland.

Grace lachte darüber. Die weitere Fahrt bis zur Klinik unterhielten sie sich über die Vorlieben ihrer Freizeitgestaltung. Sie fanden noch einige andere Überschneidungen. Nur mit Grace' Saxophonspielen konnte Kristiina nicht mithalten. »Von Musik habe ich keine Ahnung«, gestand sie.

»Musst du auch nicht. Du musst nur wissen, was dir gefällt. Was hörst du denn gerne?«

»Am liebsten höre ich Klassik. Aber mir gefällt auch oft das, was so im Radio läuft. Manchmal habe ich ein Lieblingslied. Pop schätze ich, oder Rock. Was macht ihr denn für Musik?«

»Swing, Soul, Pop. Eigentlich fast alles. Du kannst ja vorbeikommen, wenn wir einen Auftritt haben.«

»Mal sehen«, sagte Kristiina. Der Besuch einer Kneipe spät abends war nicht so ihr Ding.

Sieben

Ihr gemeinsamer Arbeitstag verlief beinahe wie immer – mit einem Unterschied. Ab jetzt achtete Kristiina ganz bewusst darauf, wie Menschen mit Grace umgingen. Nichts entging ihr mehr, wenn sie in ihrer Nähe war. Ihre Sinne waren geschärft für unterschwellige Vorbehalte und Abwertungen in Worten und Taten. Und wirklich, da gab es jeden Tag etwas, was man hätte aufführen können. Grace lächelte jedoch, ging über alles hinweg. Sie hatte wirklich ein großes Herz.

Konnte man sich wirklich daran gewöhnen, an diese Ungleichbehandlung? Patienten, die zum ersten Mal kamen, gingen mit Marianne unbefangener und freundlicher um als mit Grace. Erst, wenn Grace auf die Patienten zuging, einen Scherz machte, bewies, dass Finnisch ihre Muttersprache war, legten manche ihren anfänglichen Argwohn ab. Eine solche Behandlung hätte Kristiina vorher nicht angenommen. Da musste erst eine Grace kommen, um ihr das zu zeigen.

Sie sprach mit Marianne darüber, unter vier Augen.

»Ja«, sagte Marianne, »das ist mir auch schon aufgefallen. Grace muss sich manchmal ganz schön was gefallen lassen. Nicht unbedingt, dass die Leute ihr gegenüber unverschämt wären.

Aber Grace muss sich laufend erklären. Mich würde das ganz schön nerven, aber Grace geht entspannt damit um.«

»Wir sollten beide ganz genau hinsehen und eingreifen, wenn ihr jemand schräg kommt«, meinte Kristiina.

»Mach ich sowieso.«

»Dann ist ja gut.« Kristiina nickte nachdrücklich und verschwand durch die nächste Tür ins Behandlungszimmer.

Gelegenheit, um ihre Solidarität zu bekunden, bekamen sie bereits am nächsten Tag. Zwei Männer kamen in die Ambulanz. Gestützt auf seinen Freund, humpelte ein Mann mittleren Alters in groben Cord-Arbeitshosen auf die Anmeldung zu. Ein Vorschlaghammer war ihm auf den Fuß gefallen. Er trug Schuhe ohne Stahlkappen. Offenbar hatte er gerade an diesem Tag vergessen, sie zu Hause anzuziehen. Was sollte man dazu sagen? Grace nahm seine Personalien auf und begleitete ihn ins Behandlungszimmer zu Kristiina.

»Du wirst erst mal rüber zum Röntgen gehen«, sagte die nach einem Blick auf den geschwollenen Fuß mit den bereits schwarz verfärbten, blutunterlaufenen Nägeln.

»Die Schwester wird dir zeigen, wo du hinmusst.« Sie wechselte einen Blick mit Grace, die nickte.

»Wir werden es schon finden«, winkte der Verletzte ab. Und als er mithilfe seines Freundes davonhumpelte, hörte Kristiina, wie er draußen im Flur zu ihm sagte: »Die soll mal lieber zurück in den Urwald gehen, was?« Beide Männer lachten. Ob Grace es ebenfalls gehört hatte? Sie reagierte mit keiner Miene.

Kristiina überlegte, ob sie sofort etwas sagen sollte, oder erst, wenn er zurückkäme, und entschied sich für die zweite Möglichkeit.

Als er kam, warf sie einen ausführlichen Blick auf das Röntgenbild. Nichts war gebrochen. Es würde also reichen, den Fuß zu verbinden und ruhigzustellen. Die zwei blutunterlaufenen

Nägel würde sie ziehen müssen. Eine schmerzhafte Angelegenheit, aber ihr Mitleid hielt sich in Grenzen.

»Die beiden Nägel sollten wir entfernen. So heilt es rascher, und der deformierte Fußnagel wächst gerade wieder nach. Wenn wir es nicht machen, wird er immer so bleiben. Also?«, fragte sie ihn. Grace richtete bereits ausreichend Tupfer und eine Zange auf einem Tablett.

Der Heimwerker entschied sich richtig. »Machen wir sie runter. Meinetwegen.« Er sah sich um. »Tut das weh?«

»Ja. Aber es ist ein kurzer Schmerz. Dein Kumpel kann dich ja halten.« Kristiina wies mit dem Kopf auf den zweiten Mann, der sich immer weiter in den Hintergrund schob. Wahrscheinlich ab dem Moment, als er die Zange auf dem Tablett entdeckt hatte.

»Kann man das nicht vorher einspritzen?«, fragte der Mann, dem nun doch bange wurde.

»Kann man. Mach ich auch. Du spürst es trotzdem.«

»Ja, gut. Aber erst einspritzen«, beharrte er.

Grace zog das Lokalanästhetikum auf, versah die Spritze mit der feinsten Kanüle und Kristiina injizierte das Schmerzmittel rund um die Nägel seiner beiden Zehen. Es war eine Prozedur, die ihm die Tränen in die Augen trieb.

»Okay, wir warten zwei Minuten, damit es wirken kann. Danach kann dein Kumpel sich positionieren, um deinen Fuß festzuhalten. Ich zieh nämlich gleich ordentlich.«

»Ich? Warum ich?«, fragte der andere entsetzt.

»Weil jemand den Fuß festhalten muss«, wiederholte Kristiina.

»Und warum macht das nicht die da?« Seine Hand zeigte auf Grace. »Das ist doch ihr Job.«

»Ach, plötzlich? Gerade wolltet ihr sie doch noch wegschicken!« Kristiina wiederholte das Wort *Urwald* nicht. »Also wirst du mir assistieren müssen.«

»Hei, das war doch nur so ... das war doch ein Witz!«

»Wir machen hier solche Witze nicht. Wer unser Personal nicht möchte, muss selbst mit anpacken.«

»Ich kann dir assistieren. Kein Problem«, versuchte Grace doch tatsächlich zu intervenieren.

»Du fasst ihn nicht an!«, entschied Kristiina. Das wäre ja noch schöner, dass sie rassistische Äußerungen ungesühnt ließe. Nicht mit ihr! Grace zog sich wortlos zurück.

Als die Einwirkzeit erreicht war, instruierte Kristiina die beiden, wie sie sich positionieren mussten, wenn sie gleich zog. Beide sahen merkwürdig blass aus.

»Falls dir schlecht wird, kotz bitte in die andere Richtung«, sagte Kristiina zu dem zweiten, der jetzt tatsächlich den Fuß seines Kumpels festhielt und sehr bemüht in die andere Richtung sah. Sie setzte mit der Zange an, zog erst den Zehennagel des großen Zehs herunter, dann den des zweiten Zehs. Beide Male gab der Verletzte trotz Lokalanästhetikum einen lauten Schmerzensschrei von sich.

»So. Geschafft«, bemerkte Kristiina nach der Prozedur. Sie wusch das Blut ab, reinigte die Wunde und verband sie. Der Kollege musste sich setzen. Nach zehn Minuten war alles überstanden, der Fuß fachgerecht versorgt.

»Brauchst du Krücken? Ich könnte dir welche mitgeben. Such dir deine Größe aus. Vielleicht wird unsere Pflegefachkraft dir auch zeigen, wo sie sind.«

Er stand auf und humpelte hinaus, der andere folgte ihm. Sein Abschiedsgruß fiel knapp aus.

»Bis morgen zur Nachkontrolle«, rief Kristiina hinterher. Oder auch nicht. Vielleicht bevorzugte er es, zukünftig einen anderen Arzt aufzusuchen.

Kristiina war sehr mit sich zufrieden, obwohl Grace nicht begeistert aussah, als sie sich etwas später auf dem Gang begegneten.

»Musste das sein?«, fragte sie nur, statt ihr dankbar zu sein.

»Was?«, fragte Kristiina.

»Dass du so mit ihm umgehst.«

»Und wie ging er mit *dir* um? Du hast doch gehört, was er gesagt hat, oder nicht?«

»Natürlich habe ich es gehört. Ich soll zurück in den Urwald. Ha-ha! Es ist nicht das erste Mal, dass ich mir das anhören muss. Aber musstest du deswegen so reagieren?«

Kristiina fasste es nicht. Einen Moment lang wusste sie nicht, was sie fühlen sollte. Anstatt sich über ihre Loyalität zu freuen, machte Grace ihr Vorwürfe. Sie suchte nach Worten. »Das – das ist doch scheiße, wenn man dich immer so behandelt! Wenn du dich immer erklären und verteidigen musst!«

»Ja, vielleicht. Aber *ich* entscheide, wie ich damit umgehen möchte, und *ich* hätte gerne anders darauf reagiert.«

Kristiina wollte etwas erwidern, hatte das dringende Bedürfnis, sich zu verteidigen, wusste aber nicht wie.

Grace sah sie ruhig an. »Wie wäre es gelaufen, wenn ich dir ganz normal weiter assistiert hätte? Vielleicht hätte es bei ihm ein Umdenken bewirkt und er hätte die Ambulanz verlassen mit der Erkenntnis, eine voreilige und blödsinnige Bemerkung von sich gegeben zu haben. So hast du mir keine Chance gelassen, seine Einstellung zu korrigieren.«

Kristiina fasste es kaum. Was hatte Grace doch für ein riesengroßes Herz! Beschämt und verletzt presste sie heraus: »Ich werd's mir merken. Zukünftig.«

Grace öffnete den Mund, um etwas zu sagen, doch Kristiinas Handy summte in diesem Augenblick energisch. Noch nie hatte sie bei diesem Geräusch eine solche Erleichterung empfunden. »Ich komme«, sagte sie. Sie bedachte Grace mit einem knappen »Ich muss. Moi!« und flüchtete geradezu in Richtung Unfallstation. Ihre Anwesenheit dort würde mindestens eine Stunde in Anspruch nehmen. Das hörte sich nach etwas Größerem an. Bis sie wiederkäme, wäre der Tagesbetrieb der Ambulanz geschlossen, Marianne und Grace samt den Kollegen aus dem Gipsraum hätten Feierabend. Sie brauchte das Thema also heute nicht mehr aufzugreifen und konnte zu Hause in aller Ruhe darüber nachdenken. Grace hatte ihre vermeintliche Unterstützung zurückgewiesen. Und das verletzte sie mehr, als sie für möglich gehalten hätte.

Acht

Grace braucht meine Verteidigung nicht. Kristiina konnte an nichts anderes mehr denken, als sie nach Hause kam. Immer wieder sah sie Grace' Gesicht vor sich, als sie die Worte zu ihr gesagt hatte. *Ich entscheide, wie ich damit umgehen möchte, und ich hätte gerne anders darauf reagiert.* Jedes Mal fühlte sie den Schmerz darüber erneut. Ihre Zurückweisung. Warum tat das so weh? Weil sie sich ihres Dankes schon gewiss war, ihrer Versicherung, dass sie wie eine wahre Freundin gehandelt hatte?

Am nächsten Morgen erwachte sie mit demselben Gedanken. Etwas an Grace ließ sie nicht mehr los. Doch was war an Grace anders als an Marianne? Seit zwei Jahren arbeitete sie mit Marianne zusammen und konnte sogar behaupten, dass sich ein freundschaftliches Band zwischen ihnen gewoben hatte. Sie vermisste sie sogar, wenn sie ein paar Tage freihatte. Aber bei ihr würde sie eine Ablehnung bei Weitem nicht so tief treffen. Andererseits hatte Marianne gar keinen Grund, etwas an ihr auszusetzen. Sie war ihr immer eine gute Kollegin und eine faire Vorgesetzte gewesen. Und das war sie nun mal. Immerhin war sie Ärztin und hatte die Verantwortung über die Behandlungen. Wenn sie jetzt darüber nachdachte, hatte noch keine der Pflegekräfte ihre Handlungen so infrage gestellt oder sie gar kritisiert. War es das, was sie so traf, von einer Pflegefachkraft kritisiert zu werden? Hatte sie doch einen Standesdünkel?

Nein, das war es nicht. Bei Grace war sie im Allgemeinen empfindlicher. Sie musste zugeben, dass sie Grace als einen ganz besonderen Menschen empfand. Ihre Güte und ihr Humor waren beeindruckend. Die Art, wie sie lachte und wie sich ihr Gesicht dabei veränderte, entlockte ihr jedes Mal ein Lächeln. Und es tat ihr weh, wenn man Grace schräg anmachte. Sie wollte gerne an ihrer Seite stehen und sie verteidigen. Nur schien Grace genau das für einen Fehler zu halten.

Wie nannte man dieses Phänomen, wenn man sich anbot und zurückgewiesen wurde? Sie kramte in ihrer Erinnerung. Schließlich hatte sie in ihrem Studium einige Kurse in Psychologie belegt. Wie hatte ihre Dozentin das bezeichnet? Richtig! *Das »Zurückgewiesene-Liebhaber-Syndrom!«: Ich biete mich dir an und du verschmähst mich.* Kristiina lächelte vor sich hin. Was für eine drollige Bezeichnung!

Kristiina frühstückte rasch, packte ihre Sachen zusammen, joggte wie jeden Tag am Hafen vorbei zum Strand hinunter, tauchte ins eisige Wasser, duschte. Und auf dem Weg zur Arbeit wusste sie, dass sie es mit Grace besprechen musste. Irgendwie gehörte das geklärt, sonst würde sie das noch ewig beschäftigen.

»Moi, moi!«, grüßte sie, als sie zur Arbeit kam.

»Moi!«, grüßte die Pflegerin des nächtlichen Bereitschaftsdienstes. »Es war eine ruhige Nacht. Nicht viel los. Ab elf konnte ich sogar schlafen bis um halb fünf heute Morgen.« Die etwas gewichtige Schwester lächelte verschmitzt. »Möchtest du auch eine Tasse?« Ihr Kopf wies hinüber zur Kaffeemaschine.

»Gerne. Schön, dich mal ausgeschlafen zu sehen.« Kristiina grinste.

Nach und nach trudelten die anderen ein: Grace, Marianne, Kimmo und Samuli vom Gipsraum.

Damit war ihr Team komplett. Die Plätze der Wartenden waren bereits zur Hälfte belegt.

Bevor Kristiina ins erste Behandlungszimmer verschwinden konnte, trat Grace zu ihr.

»Kristiina, wegen gestern …« Sie brach ab, vergewisserte sich, dass Kristiina Willens war, ihr noch einen kurzen Augenblick zuzuhören. »Ich wollte dich nicht verletzen.«

»Wie kommst du darauf, dass du das getan hast?«, frage Kristiina zurück. Es erschien ihr das Sicherste, sich erst mal in eine Gegenfrage zu flüchten.

»Du warst so plötzlich verschwunden. Es hat mich gestern noch die ganze Zeit verfolgt.«

Ach, dich auch? Grace' Bekenntnis tat ihr gut. So sehr, dass Kristiina großzügig abwinkte. »Es war schon okay. Ich werde in Zukunft darauf achten, mich nicht einzumischen. Es ist gut, dass ich das jetzt weiß.«

»So meinte ich das nicht«, beeilte Grace sich zu sagen. »Es tut mir leid, wenn du das so verstanden hast. Ich … Weißt du, ich hatte einmal eine Freundin, die mich auch immer verteidigt hatte, und ich dachte immer, sie macht es wegen mir. Aber sie tat es nur, um ihr Image aufzupolieren. Sie war sehr aktiv in der Kommunalpolitik. Da passte es eben gut, man hatte eine Schwarze Freundin, an der man demonstrieren konnte, wie …«

Und bevor Grace ihr hätte sagen können, dass sie sich gestern ähnlich gefühlt und deshalb überreagiert hätte, unterbrach Kristiina sie. »Ich bin nicht deine Freundin«, sagte sie. Vielleicht etwas zu direkt, aber mit so einer wollte sie auf keinen Fall verglichen werden.

»Klar, äh, so meinte ich das nicht. Ich wollte nur …ähm …«, stammelte Grace plötzlich. Auf einmal wirkte sie hilflos.

Kristiina nahm es verblüfft zur Kenntnis. Das war ja interessant. Wie hatte sie es geschafft, Grace so außer Fassung zu bringen? Sie war ihr also doch nicht egal. Wie schön. Zu ihrer eigenen Verwunderung fühlte sie sich sehr erleichtert.

»Ich habe dich schon verstanden«, kam sie Grace entgegen. »Du bist nicht mein diverses Quoten-Aushängeschild, und ich demonstriere mit deiner Hilfe niemandem, was für ein Gutmensch ich bin. Zufrieden?«

Grace' Augen wurden groß. Ihr Mund öffnete sich, um zu antworten.

Da rief Kristiina aber schon den ersten Patienten auf. »Auf geht's! Der Erste bitte!« Mit diesen Worten ging sie an ihr vorbei ins Behandlungszimmer.

Grace sah ihr hinterher, als hätte sie einen Schlag abbekommen. Kristiina hatte sofort begriffen, worum es ihr ging. Und weil sie das tat, wurde umso deutlicher, dass genau diese Motive ihrem Verhalten *nicht* zugrunde lagen. Sie hatte den Typen in seine Grenzen gewiesen, weil sie ihr beistehen wollte, und aus keinem anderen Grund. *Shit!* Sie schämte sich so!

Aber warum hatte sie Kristiina so etwas unterstellt? Sie musste nicht lange in sich horchen, um zu erkennen, dass sie aus Angst gehandelt hatte. Angst davor, ihre Bewunderung für Kristiina würde sich als falsch erweisen. Wie bei ihrer Freundin damals. Sie hatte sie Kristiina gegenüber als Freundin bezeichnet. Natürlich war sie mehr gewesen. Sie war ihre erste große Liebe – und ihre erste große Enttäuschung gewesen. Seit damals wusste sie: Es gibt nicht nur die ganz offene Diskriminierung, es gibt so etwas wie versteckten Rassismus. Menschen, die so taten, als würden sie vorurteilsfrei und liberal sein, und dabei ging es ihnen nur um ein zur Schau gestelltes positives Image. Oft genug hatte sie in solchen Fällen die Quoten-Schwarze spielen müssen.

Vielleicht konnte sie bei der nächsten Teambesprechung ihre Kollegen darüber informieren, wie sie sich den Umgang mit rassistischem Verhalten wünschte. So eine Abmachung wäre vielleicht auch für ihre Kollegen hilfreich.

»Grace!«, riss Kristiinas Stimme sie aus ihren Gedanken. »Hier ist kein Serum mehr im Kühlschrank. Checkst du das mal mit der Apotheke ab?«

Grace ging zu ihr und sagte, dass sie das gestern schon getan hatte. Der Kurier von der Zentralapotheke müsste jeden Moment da sein.

»Super. Wenn du schon da bist, kannst du die Dame hier gleich in den Gipsraum begleiten. Kimmo soll ihr eine neue Schiene anpassen«, antwortete Kristiina und ging ein Zimmer weiter.

Grace nickte. *Aber gerne doch.* Es war der Auftakt zu einem Vormittag, der so kurzweilig war, dass es sie völlig überraschte, als Marianne sie etwas später fragte, ob sie zusammen zu Mittag essen wollten.

»Was? Ist schon zwölf?«

»Ja. Ich hab Hunger!« Marianne streckte den Kopf ins erste Behandlungszimmer. »Kristiina, wir sind kurz essen. Ist das okay?«

»Ja, haut ab! Dann geh ich nachher mit den beiden Jungs«, hörte Grace sie antworten.

Marianne lachte auf. »Sei ehrlich, zwei Männer als Begleiter sind dir doch sowieso viel lieber.«

Grace hörte Kristiina lachen. Und so, wie sie es tat, versetzte es ihr einen Stich. Es erinnerte sie daran, dass Kristiina hetero war. Rasch versuchte sie ihre Gedanken in eine andere Richtung zu bewegen. »Was gibt es denn heute zu essen? Hast du schon auf den Plan geschaut?«

»Liha-Makaronipaistos«, antwortete Marianne wie aus der Pistole geschossen. Der Makkaroniauflauf schien ihre Leibspeise zu sein.

»Klingt gut. Ich glaube, den nehme ich auch«, heuchelte Grace Interesse daran. In Wahrheit war ihr nicht sonderlich nach Essen.

Bei Tisch unterhielten sie sich über Privates, obwohl Grace versuchte, das Gespräch auf Kristiina zu lenken. Gerne hätte sie noch mehr über sie erfahren, aber Marianne war nicht zu bremsen in ihren Schilderungen über ihre merkwürdigen Nachbarn und deren Kinder. Also fügte sie sich, ließ sie reden und kam auf ihr Anliegen erst zu sprechen, als sie in die Ambulanz zurückgekehrt waren und Kristiina sich in ihrer Hörweite befand.

»Heute Abend spielen wir im *Blue Curaçao*«, sagte Grace wie nebenebei zu Marianne, »wenn du möchtest, komm vorbei. Ich setz dich auf die Gästeliste, dann kommst du umsonst rein.«

Als sie bemerkte, dass auch Kristiina hellhörig wurde, ergänzte sie mit einem Lächeln in ihre Richtung: »Du bist natürlich auch herzlich eingeladen, wenn du Lust dazu hast.«

»Wann? Heute Abend?«, fragte Kristiina tatsächlich nach, wenn auch wenig euphorisch.

»Ja. Wir beginnen um acht.«

Kristiina zögerte. »Hm. Vielleicht. Jetzt geh ich erst mal was essen.« Sie wandte sich zum Gehen.

»Ich setz dich auf jeden Fall auf die Gästeliste!«, beeilte sich Grace zu sagen.

»Ich komme garantiert!«, versprach Marianne, die ihre Enttäuschung bemerkte.

Kristiina drehte sich im Gehen um. »Mal sehen. Ich weiß es noch nicht.«

»Es wird bestimmt ganz toll. Heute Abend spielen sie Dream Pop«, rief Marianne ihr hinterher. »Das wird voll romantisch!«

»Wie schön.« Kristiina hob nur noch die Hand. »Bin gleich wieder zurück!«

Grace nickte verhalten. »Guten Appetit«, murmelte sie.

»Na, dann schauen wir mal, was wir ohne unsere Chefin arbeiten können, was?«, sagte Marianne aufmunternd.

Grace fragte sich, wie sehr ihre Kollegin in der Lage war, sie zu lesen. Vielleicht sollte sie sich etwas mehr darum bemühen, ihr Gefühlsleben zu verbergen. »Ich schätze mal, die Verbandswechsel unserer Dauergäste!«, sagte sie betont schwungvoll.

Dauergäste war die Bezeichnung für die Patienten, die in regelmäßigen Abständen zum Verbandswechsel einbestellt wurden, wegen chronischer oder langwieriger Wunden.

Neun

Kristiina war dankbar, dem Thema entkommen zu sein. Freitagabend traf sie sich in der Regel mit ihren Freundinnen zur Sauna am Strand. Natürlich gingen auch sie hinterher etwas trinken, aber dabei wurde es nie spät. Schließlich wollte sie auch am Wochenende früh aufstehen, schwimmen gehen und später ihre Einkäufe in der Markthalle erledigen.

Ganz abgesehen davon stand ihr nicht der Sinn nach Romantik. Die letzte beendete Beziehung war gerade mal zwei Wochen her. Sie war froh, dass ihr Ex sich nicht mehr hier auf Station blicken ließ. Und jetzt brauchte sie erst einmal eine Pause von jeglicher Art von Romantik. Mit der lief es nämlich immer auf irgendwelchen Ärger hinaus.

Nach der Mittagspause fehlten etliche Patienten im Wartebereich. Die beiden hatten ganz schön was weggearbeitet. Und auch am Nachmittag ging der Patientendurchlauf zügig vonstatten. Um sechs Uhr konnte sie Feierabend machen.

Wieder dieser Eisregen, seufzte sie, als sie vor die Kliniktür trat. Sie zog sich die Kapuze über den Kopf. Als sie aus der Tram stieg und die letzten Schritte nach Hause ging, hatte sie das Gefühl, ihren Ex auf der Straße zu sehen. Zumindest war es ein Mann mit seiner Statur und seinem Aussehen. Er war nicht genau zu erkennen, auch sein Gesicht war zur Hälfte unter einer Regenkapuze verschwunden. Da er nicht näher kam, als sie die überdachte Haustür erreicht hatte und die Kapuze vom Kopf zog, war er es entweder doch nicht, oder er trat endgültig den Rückzug an, nachdem er ihre kurzen Haare gesehen hatte.

Mit einem Grinsen im Gesicht schloss sie die Haustür auf, betrat das große Treppenhaus und ging Stufe für Stufe in den dritten Stock in ihre Wohnung.

Kristiina ließ ihre Schuhe in dem weitläufigen Flur stehen und betrat das Wohnzimmer. Ein Raum mit Wänden, die über die normale Zimmerdeckennorm reichten, mit Stuck versehen. Die gesamte Wohnung war dezent cremefarben gestrichen. Bilder hingen an den Wänden, die zum Teil noch von ihren Eltern stammten. Originale von finnischen Künstlern, die meisten davon Landschaftsbilder. Im Wohnzimmer stand ein Klavier, das zum Leidwesen ihrer Mutter keinen Platz in der neuen Wohnung gefunden hatte.

Kristiina hatte nur wenige Stunden Klavierunterricht genommen. Mehr als die gängigen Weihnachtslieder konnte sie nicht darauf spielen. Es hatte ihr nie sonderliche Freude bereitet. Ihre Welt waren die Bücher. Die Hälfte der Wohnzimmerwände bestand aus Bücherregalen, von denen sie kein einziges hergeben wollte. Antiquare Stücke mit vergoldetem Einband, genauso wie Kriminalromane finnischer und schwedischer Autoren. Bücher brauchte sie nun mal zum Glücklichsein.

Kristiina ging an einem der beiden Sessel vorbei, die vor dem Kamin standen. Zwei weitere Sofas samt einem urigen kleinen Tischchen befanden sich in der Ecke des Raums. Alles von ihren Eltern übernommen. Das Einzige, was sie mitgebracht hatte, war der große farbige Teppich. Er war aus alten Stoffresten gewoben, stammte aus einem alternativen Betrieb, war finnische Handarbeit. Er gefiel ihr wesentlich besser als der frühere teure Brokat, den ihre Eltern glücklicherweise mitgenommen hatten.

An das Wohnzimmer grenzte eine Landhausküche mit zentralem Kochblock, der sowohl ein Induktionskochfeld, aber auch ein Gaskochfeld hatte. Da sie gerne mit dem Wok thailändisch kochte, wollte sie nicht mehr darauf verzichten. Die geräumige Küche zahlte sich aus, wenn sie viele Gäste zu Besuch hatte und sie alle beim Kochen mithelfen wollten. Doch wie lange war das her, dass sie das getan hatten? Bereitschafts- und Nachtdienste erschwerten das Zusammentreffen mit Freunden. Und jetzt, da sie seit zwei Wochen wieder Single war, würden sich die Freunde ihres Ex-Freundes wohl nicht mehr bei ihr blicken lassen. Schade. Manche davon waren wirklich sympathisch gewesen. Aber keiner hatte sich mehr bei ihr gemeldet und sie hatte auch nicht die Initiative ergriffen. Warum auch? Bei solchen Telefonaten war man immer versucht, Dinge zu erzählen, die andere nichts angingen, nur um sich selbst und sein Gewissen reinzuwaschen. Nein, sie stand dazu. Sie war das Ekel. Sie hielt es einfach nicht allzu lange mit demselben Mann aus. Punkt.

Sie nahm sich eine Flasche Saft aus dem Kühlschrank und schenkte sich, weiter in Gedanken versunken, ein Glas davon ein.

Dabei hatte sie immer davon geträumt, eines Tages den Mann zu finden, in den sie sich Hals über Kopf verlieben konnte. Und sie wollte immer eine romantische Hochzeit. Ganz in Weiß mit vielen Rüschen. Was war von ihren Träumen geblieben? Mittlerweile war sie dreiunddreißig. Verlangte sie zu viel von den Männern?

Sie wusste es selbst nicht. Kristiina folgte dem Flur am früheren Arbeitszimmer ihres Vaters vorbei, das nun ihre Ordner beherbergte, und ihr Laptop stand auf dem wuchtigen Schreibtisch. Danach kam ihr Schlafzimmer und ein Zimmer, das früher ihr Kinderzimmer gewesen war, das sie nun als Bügelzimmer nutzte. Es hatte den Vorteil, dass man das Bügelbrett nicht mehr zusammenbauen musste, wenn man fertig war. Hier störte es niemanden. Im hinteren Teil der Wohnung befand sich ein zweites Badezimmer mit Sauna samt einem Eckwhirlpool. Manchmal wäre es ihr lieber, sie besäße eine ganz normale Badewanne. Dann würde sie nicht so viel Wasser benötigen, wenn sie einfach nur Lust auf ein Wannenbad hatte. Aber was soll's! Wasser gab es in Finnland genug. Darüber brauchte man sich keine Gedanken zu machen.

Ja, sie konnte nicht klagen. Sie konnte sich ausbreiten. Und manchmal genügte ihr noch nicht einmal das. Nach den Bereitschaftsnächten ging sie gerne in die kleine Wohnung gegenüber. Sie lag in Richtung Innenhof und war um einiges ruhiger. Kein Autoverkehr und kein Straßenbahnlärm konnten dort ihren Schlaf stören. Und die kleine Eineinhalb-Zimmer-Wohnung hatte durchaus ihren Charme. Eine Pflegerin aus dem Baltikum wäre begeistert gewesen, wenn ihre Eltern je eine gebraucht hätten.

In der Seniorenanlage wohnten sie jetzt zur Miete. Vater meinte, es sei eine vernünftige Entscheidung, die man jederzeit anpassen konnte. Schließlich würde eines Tages nur noch einer von ihnen übrig sein, und vielleicht war die jetzige Wohnung dann auch wieder zu groß. Ihre Eltern waren vorausschauend und trafen mutige Entscheidungen. Das hatte Kristiina schon immer imponiert.

Auch sie selbst hatte nicht vor, Helsinki jemals zu verlassen. Der Job in der Klinik machte ihr Spaß. Nur der Traummann fehlte zum Glück. Der letzte war es nicht gewesen.

Sie leerte das Glas, ging zurück in die Küche und fragte sich, ob es ratsam wäre, heute überhaupt in die Sauna zu gehen. Ihre Freundinnen würden nachfragen, wenn sie ihnen erzählte, dass sie nicht mehr mit Erik zusammen war. Hatte sie Lust auf solche Gespräche und die Bemerkungen, die daraus folgten? Schon als sie die letzte Beziehung beendet hatte, musste sie sich anhören, dass man ihr den Richtigen wohl eines Tages schnitzen müsste.

Sollte sie zu Hause saunieren? Aber allein hatte sie dazu keine Lust. Dann gab es für den heutigen Abend nur zwei Lösungen. Entweder sie traf ihre Freundinnen, erwähnte aber nicht, dass sie mit ihrem Freund Schluss gemacht hatte, oder sie ging doch ins *Blue Curaçao* und hörte sich Grace' Band an.

Kristiina schaltete den Fernseher an, nahm das letzte Stück

geräucherten Lachs aus dem Kühlschrank, verteilte es auf zwei Scheiben Roggenbrot, dekorierte es mit einem Salatblatt und etwas Erbsgrün. Die frühen Abendnachrichten begannen gerade. Was zurzeit geschah, machte ihr Angst. Und nicht nur ihr. Ganz Finnland blickte gebannt auf das Nachbarland. Sie füllte sich ihr Glas aus der Leitung und trank ohne den Blick von den Nachrichten des Tages zu lassen.

Bis die Berichterstattung zu Ende waren und sie gegessen hatte, stand ihre Entscheidung fest. Sie würde noch ausgehen. Vielleicht war sie das dem Leben schuldig. Feiern, tanzen, trinken. Bevor es nicht mehr ging.

Wie Grace wohl aussah, wenn sie auf der Bühne stand?

Eine knappe Stunde später verließ sie das Haus.

Zehn

NEUGIERIG BETRAT KRISTIINA DEN HINTERHOF, der zu der Bar führte. Es regnete schon wieder, oder immer noch. Mittlerweile war das schwer zu sagen. Das Kopfsteinpflaster war glatt und man musste aufpassen, dass man nicht ausrutschte. Eine Tür, die nicht mehr war als ein Bretterverhau, stand offen. Eine Regenbogenfahne war an die Hauswand angebracht, die nun nass und schwer dahing. An den Eingang hatte man provisorisch einen Regenschutz aus Holzlatten und Folie genagelt, um den unmittelbaren Eingangsbereich trocken zu halten. Da saß nämlich eine junge Frau mit sehr vielen Tattoos, die sie trotz der Kälte präsentierte. Ein geflochtener Korb mit allerlei Kleingeld stand auf einem kleinen Tischchen. Scheine lagen in einem Kistchen daneben.

»Moi!«, sagte die Frau, als sie vor ihr stand. »Stehst du auf der Liste?«

»Nein. Ich zahle«, antwortete Kristiina.

»Das macht dann zwölf Euro.«

Kristiina zählte das Geld auf den Tisch und fragte sich, wie viel davon wohl für Grace übrig blieb. Von drinnen erklang schon ein beschwingter Sound und viele Stimmen waren zu hören. Sie kam zu spät.

»Seit wann spielen sie schon?«, fragte Kristiina.

»Zehn Minuten oder so. Du hast kaum etwas versäumt. Außerdem gibt es immer eine Zugabe.« Die Frau zwinkerte ihr freundlich zu.

Kristiina nickte und duckte sich durch die urige Tür ins spärlich beleuchtete Innere. Kerzen standen auf den vielen kleinen Tischen, schufen eine intime Atmosphäre in dem Raum, der doch um einiges größer war, als sie vermutet hatte. Die größte Lichtquelle waren die vielen Leuchten und Spots der Bühne, die von einem Pult aus geregelt wurden. Ganz nach der Musik. Sie entdeckte Grace auf den ersten Blick und blieb an der Bar stehen, bestellte sich einen Kiba-Flip und war damit bestimmt die Einzige im Raum, die etwas Alkoholfreies trank. Sie stellte sich hinter einen Stützpfeiler. Dort war sie von der Bühne nicht auszumachen und konnte alles gut beobachten. Grace hatte auch auf der Bühne eine Ausstrahlung, die ihr sofort ein Lächeln ins Gesicht zauberte. Das Licht wurde mal heller, mal dunkler, mal rot, mal gelb. Manchmal wurden die Musiker mit einem Spot in Szene gesetzt, wenn sie ein Solo spielten. Kristiina zählte fünf Instrumente: ein Keyboard, eine E-Gitarre, einen Bass, eine Steel-Drum und eben Grace' Saxophon. Sie war für die Harmoniestimme zuständig, es gab keinen Sänger. Und alles in allem war es ein sehr stimmiger Sound, der einen rasch davontragen konnte. Marianne hatte recht. Es war sehr entspannend, sehr romantisch.

Wo war Marianne eigentlich? Kristiina entdeckte sie an einem der hinteren Tische. Aber rasch fanden ihre Blicke zu Grace zurück. Sie stand auf der Bühne ganz außen, und sie spielte göttlich! Man bekam eine Gänsehaut, sobald sie das Mundstück ansetzte und die Töne wechselnd weich und dann wieder eindringlich durch den voll besetzten Raum schwebten. So, wie sie spielte, war sie auch. Und Kristiina glaubte, sie mehr denn je zu verstehen. Aufsteigende Tränen brannten in ihren Augen. Sie unterdrückte sie, sah fort.

»Bist du allein hier?«, fragte eine Frau sie, die einige Jahre jünger als sie war. »Wenn du möchtest, setz dich doch zu uns.« Auch sie hatte blonde kurze Haare. Mehrere Piercings zierten ihr Gesicht, und ein buntes Tattoo an ihrem Hals prangte Kristiina entgegen. Ein Drache im Wald. Wie außergewöhnlich.

»Unser Tisch ist hier hinten«, wies die junge Frau mit einer lässigen Geste in den hintersten Winkel des Raums. Er lag so weit hinten, dass er von der Bühne aus im Dunkeln lag, erlaubte ihr aber einen direkten Blick nach vorne.

»Gerne«, sagte Kristiina und lächelte. Die junge Frau orderte zwei Bier. Nachdem sie sie bekommen hatte, gingen sie zu ihrem Tisch.

Dort angekommen stellten sich ihr vier junge Leute vor. Zwei junge Männer fläzten aneinandergekuschelt auf dem gemütlichen Sofa. Zwei Frauen, von denen Kristiina nicht einschätzen konnte, ob auch sie ein Paar waren, saßen daneben. Sie war also doch in einer schwulen-lesbisch-freundlichen Bar gelandet, und dabei hatte sie zunächst angenommen, die ausgehängte Regenbogenfahne wäre eine Friedensbekundung gewesen.

»Ich bin Tuuli«, sagte die junge Frau.

»Kristiina. Hei.«

Das Stück war zu Ende und alle applaudierten. Einige pfiffen anerkennend.

»Bist du eine Freundin von einem der Musiker?«, fragte Tuuli.

»Nein, kann man so nicht sagen. Mehr eine Kollegin«, wich Kristiina aus. Eine Antwort, die Tuuli zufrieden nicken ließ. Sie begann, Konversation zu machen, fragte, was sie so tat, ob ihr die Musik hier gefiel. Das nächste Stück folgte und Kristiina wäre es lieber gewesen, sie hätte nun geschwiegen. Ihr Blick fand immer wieder zu Grace zurück. Sie trug obligatorische löchrige Jeans und ein weites Trägertop. Es präsentierte nicht nur ihre gut trainierten Oberarme, sondern bot auch seitlichen Einblick. Hätte sie kein Bustier darunter angehabt, hätte man ihre Brüste gesehen. Sie machte keine große Show, bewegte sich weniger als die anderen. Ihr Körper bog sich dann und wann, wogte leicht im Takt. Manchmal waren ihre Augen geschlossen, wenn sie sich ganz der Musik hingab. Ein sehr anziehender Anblick.

»Darf ich dich zu einem Drink einladen? Also, zu etwas Richtigem«, hörte sie Tuuli fragen. Sie deutete auf ihren Kiba-Flip und grinste. So langsam dämmerte Kristiina, dass die Jüngere ihr diesen Platz nicht nur aus lauter Entgegenkommen angeboten hatte.

»Danke, das ist nett von dir. Aber ich hol mir mal lieber selbst etwas.« Sie nahm den letzten Schluck aus ihrem Glas und stand auf. Nicht ohne Tuuli ein freundliches Lächeln zu schenken. Sie wollte sie nicht verletzen. Eine Frau abzuweisen, verursachte ihr ein schlechtes Gewissen. Das war bei Männern einfacher. Ein deutliches Nein und alles war gesagt.

Sie schlängelte sich wieder vor zur Bar, bestellte sich einen Lillet und fragte sich, wann sie so etwas das letzte Mal getrunken hatte.

»Hei, ist Lillet auch dein Lieblingsdrink?«, fragte eine, die plötzlich neben ihr stand.

Wo bin ich hier hineingeraten?, seufzte Kristiina in Gedanken. Eigentlich wollte sie nur Grace' Band erleben. Sie war nicht hier, um Kontakte zu knüpfen. So lächelte sie nur, nahm ihr Glas und verschwand. Aber wohin? Wo war eigentlich Marianne, wenn man sie brauchte? Sie entdeckte sie an einem Tisch an der Seite. Glücklicherweise erspähte sie sie nun auch und winkte ihr zu. »Kristiina! Hei!«

Rasch bahnte sich Kristiina den Weg zu ihr.

»Das ist ja toll, dass du doch gekommen bist! Warum bist du so spät?«, fragte Marianne euphorisch.

»Ich bin schon eine Weile da. Ich saß nur da hinten«, antwortete Kristiina und wies mit dem Kopf ins hintere Foyer.

»Immer in die gemütlichste Ecke«, grinste Marianne und rutschte zur Seite, sodass Kristiina neben ihr Platz fand. »Und, wie findest du sie? Sie ist großartig, was?«

»Ja, es gefällt mir gut.« Kristiina verzog den Mund. Und so

ein Bekenntnis von einer absoluten Null-Kennerin in Sachen Musik war wahrscheinlich kein großes Kompliment.

Ihre Aufmerksamkeit wurde wieder nach vorne gelenkt. Grace spielte gerade ein Solo. Und wie! Spontan applaudierten einige in den vorderen Reihen.

»Geil«, hauchte nun auch Marianne. Sie war nicht die einzige Frau, die begeistert war. Kristiina machte etliche Frauen aus, die Grace offen anhimmelten.

Sind das nur Fans oder Groupies?, fragte sie sich.

»Grace hat den Stall voll weiblicher Fans, was?«, flachste nun auch Marianne augenzwinkernd.

Die richtige Zeit, um ganz unbedarft zu Informationen zu kommen. »Ist Grace lesbisch?«, fragte sie möglichst unbeteiligt.

»Ja. Und schau dir die abgefahrenen Frauen hier an. Ist sie nicht zu beneiden?« Marianne giggelte wieder in ihrer typischen Art. Sie schien es ihr von Herzen zu gönnen, während die Information bei Kristiina irgendetwas auslöste. War Grace so ein Typ, die sich gerne bewundern ließ? Mit welchen davon ging sie ins Bett?

Dass sie sich darüber Gedanken machte, überraschte sie selbst. Es ging sie nichts an, wie Grace ihr Leben lebte. Sie war eine sehr gute Pflegekraft. Und allein das war für sie relevant. Sonst nichts.

Applaus brandete auf, wurde letztendlich abgebrochen durch die Information, dass die Band nun eine kurze Pause machte. Das war praktisch, sie musste sowieso auf die Toilette, dann versäumte sie wenigstens nichts.

»Ich muss mal kurz«, sagte sie zu Marianne und verschwand. Hoffentlich lief sie nicht sofort wieder dieser Tuuli in die Arme.

Als sie zurückkehrte, sah sie Grace bei Marianne sitzen, umgeben von Freunden und anderen Bandmitgliedern. Sie schäkerte ausgelassen.

»Hei!«, sagte Kristiina, als sie zu ihnen stieß.

Grace' Haltung veränderte sich schlagartig. »Oh, hei. Du bist ja doch gekommen. Wie schön«, sagte sie, bemüht ihr lockeres Lächeln beizubehalten. War es ihr unangenehm, dass sie gekommen war? Aber dann hätte sie sie doch nicht einladen müssen.

»Ja, ich habe mir gedacht, ich sollte mir das nicht entgehen lassen«, antwortete Kristiina.

»Und?« Grace sah sie nun ganz direkt an. »Gefällt es dir?«

»Ja, es gefällt mir sehr gut. Man kann herrlich entspannen bei eurem Sound. Es hat wirklich etwas Romantisches, wie Marianne schon sagte.«

»Siehst du, hatte ich recht!«, freute sich Marianne. Sie war schon bei ihrem zweiten Drink und hatte die prompte Veränderung ihrer Kollegin bei ihrem Eintreten vermutlich gar nicht registriert.

Grace lächelte wieder und ihre Körperhaltung entspannte sich. »Wo sitzt du denn? Ich habe dich von der Bühne aus gar nicht gesehen. Du hast hoffentlich nicht bezahlt, oder? Gefällt dir das Ambiente?«, schoss es jetzt nur so aus ihr heraus.

Kristiina war überfordert. »Was möchtest du denn jetzt zuerst wissen?« Sie sah sie an und beide lachten.

Bevor die kurze Pause vorüber war und Grace wieder nach vorne ging, legte sie für einen kurzen Moment die Hand auf ihre Schulter. »Schön, dass du gekommen bist. Es freut mich sehr!«, sagte sie so leise, dass nur sie es hören konnte.

Ein angenehmes Gefühl überkam sie. Ein Prickeln auf der Haut, das irgendwo dort entstanden war, wo Grace sie berührt hatte und sich nun über ihren gesamten Körper ausbreitete. Gut, dass kurz darauf die Musik einsetzte und sie alle ihre Gespräche einstellten. So konnte sie in aller Ruhe darüber nachdenken, was mit ihr gerade geschah.

Bei der nächsten Pause kam Grace sofort zurück. Keine ihrer Fans schaffte es, sie länger als zwei Sekunden aufzuhalten. Als sie ihren Tisch erreichte, fragte sie: »Was möchtest du trinken? Soll ich uns was holen? Für mich sind Getränke frei. Eine Whiskey-Cola vielleicht?«

»Ja, gerne«, sagte Kristiina, weil es ihr das Einfachste schien.

Grace kehrte zurück mit zwei Gläsern in der Hand, jedes mit einer Zitronenscheibe garniert. Eines davon überreichte sie ihr, und Kristiina spürte, dass sie von vielen Augenpaaren beobachtet wurde. Jeder der Umstehenden bekam mit, wie der Star des heutigen Abends sich um sie bemühte. Und ob sie das jemals offen zugeben würde oder nicht, es gefiel ihr.

»Auf die besten Kolleginnen, die ich mir nur wünschen kann!«, sprach Grace einen Toast aus.

Kristiinas Blick blieben wieder an Grace' lebensfroh abstehenden Locken hängen. »Prost, du Multitalent!«

»Auf Grace und auf uns!«, stimmte Marianne mit ein. Und den Umstehenden teilte sie redselig mit: »Wir sind nämlich das beste Team im ganzen Klinikum.«

Es wurde Zeit für den letzten Teil.

»Ich muss wieder«, sagte Grace. »Du bleibst doch noch etwas, nicht? Wir sehen uns doch noch?«

»Ja«, hörte Kristiina sich sagen, obwohl sie nicht vorgehabt hatte, so lange zu bleiben. Vielleicht lag es am Alkohol, aber sie fühlte sich unbeschwert und absolut am passenden Ort. Sie könnte ja morgen früh ausnahmsweise mal länger im Bett bleiben. Davon ging die Welt auch nicht unter. »Auf das Leben«, murmelte sie sich selbst zu, nahm einen weiteren Schluck ihrer Whiskey-Cola und lümmelte sich neben Marianne.

Der Applaus am Ende war geradezu frenetisch. Die Band musste noch zwei Zugaben spielen, bevor das Publikum sie entließ. Grace schüttelte Hände, ließ sich umarmen, und doch versuchte sie wieder möglichst zielstrebig zum hinteren Tisch zu gelangen.

»Möchtest du noch etwas essen? Hast du Hunger? Die haben hier auch leckeren Salat oder Taccos mit Salsa«, sagte sie zu Kristiina.

Etwas zu essen nach dem ganzen Alkohol war sicherlich

keine schlechte Idee. »Gerne, aber ich zahle«, antwortete sie. Dass Grace hier ausgehalten wurde, mochte ja stimmen, das galt aber nicht für ihre Freunde. Der Laden musste ja auch Umsatz machen. Grace protestierte, als sie ihr zur Theke folgte.

»Hey, jetzt entspann dich mal.« Kristiina schob sie mit leichtem Körpereinsatz zur Seite und bestellt zwei Salate und eine Portion Taccos, dazu drei Blaubeer Siideri. Marianne wollte auch eine.

»Ich hätte nicht gedacht, dass du so spielen kannst. Es ist eine Wohltat für Ohren und Geist«, gestand Kristiina ihr, während sie darauf warteten. »Ich kann mir vorstellen, dass dies ein ganz fantastischer Ausgleich zu unserem Job ist, oder hast du vor, das einmal hauptberuflich zu machen?«

»Nein, nein«, versicherte Grace sofort. »Dazu wird es nie kommen. Natürlich träumt jeder Musiker davon, eines Tages ganz groß rauszukommen, aber ich bin da realistisch. Außerdem liebe ich meinen Beruf«, setzte sie überzeugend dazu.

Kristiina sah auf ihren Mund, während sie sprach. Sie mochte es, wie ihre Lippen sich bewegten. Dezent rot geschminkte Lippen. Oder waren sie gar nicht geschminkt? Sie sahen weich und ebenmäßig aus und hatten einen wunderschönen Schwung. Wieder erschrak sie über ihre Gedanken. Sie musste betrunken sein!

Der Raum leerte sich auch nach Konzertende kaum. Sie mussten sich durchkämpften, um zu ihrem Tisch zurückzugelangen. Der Salat schmeckte vorzüglich und der Blaubeer Siideri verdünnte den Alkoholgehalt in Kristiinas Blutbahn. Das beschwingte Gefühl blieb.

Marianne war zusehends beschwipst. »Grace, du bist der Schwarm aller Frauen hier im Raum. Weißt du das eigentlich?«, säuselte sie.

Grace grinste nur. Sie wusste Mariannes Bemerkung zu bewerten.

»Ne, echt!«, beharrte Marianne.

»Ja, ich weiß es«, gab sie nach. Wie man einem vierjährigen Kind recht gibt, wenn man keine Lust auf einen Trotzanfall hat.

»Du könntest nach jedem Gig eine andere abschleppen«, sagte Marianne, Gott sei Dank leise genug, dass nur sie drei es hören konnten. Wieder giggelte sie vergnügt.

Jetzt wartete Kristiina gespannt auf Grace' Reaktion. Genau das interessierte sie auch, wenn sie es auch niemals zugeben würde.

Grace verdrehte die Augen. »Ich würde mir nur einen Haufen Ärger einhandeln. Du weißt nicht, wie manche Frauen klammern können, wenn man versucht, sie wieder loszuwerden.« Sie lachte auf.

Natürlich war es nicht ernst gemeint, aber bestimmt steckte eine Portion Wahrheit dahinter, dachte sich Kristiina. »Männer sind da kaum anders«, bemerkte sie lakonisch.

»Ja?« Plötzlich hatte sie Grace' volle Aufmerksamkeit.

»Die letzten beiden konnten es auch kaum verstehen«, entfuhr es Kristiina mit trockenem Tonfall. Wie kam sie dazu, aus dem Nähkästen zu plaudern?

Grace gab sich wenig erschrocken von ihrem Geständnis. Kristiina kam es so vor, als würde Grace sehr genau überlegen, was sie darauf erwiderte. »Manchmal lässt es sich nicht vermeiden, dass man andere verletzt, auf der Suche nach dem Lieblingsmenschen. Das ist wohl nicht zu ändern. Hinterher ist man immer schlauer als vorher.«

Es klang einfach und banal. Und doch schien es Kristiina, als wäre Grace der erste Mensch, der sie verstand, der nicht den Stab über sie brach. Von wegen *»Dir muss man wohl erst einen schnitzen«*. Grace ließ es stehen. Und im gleichen Moment kapierte Kristiina, dass Grace niemals einfach so mit einer Frau ins Bett gehen würde, nur weil die sie anhimmelte. Grace wusste sehr genau, was sie sich selbst und anderen zumutete auf der Suche nach Princess Charming.

Es löste Bewunderung in ihr aus, merkwürdigerweise auch Erleichterung.

Elf

Grace sah Kristiina hinterher, als sie den Innenhof durchquerte und ihr, bevor sie durch das Tor verschwand, noch einmal zuwinkte.

Sie stieß hörbar die Luft aus, bevor sie die frische kalte Luft in ihre Lungen einsaugte. So als müsste sie sich abzukühlen. *Oh mein Gott! Sie war hier!*

»Jetzt bist du platt, was?«

Grace zuckte zusammen. Marianne war hinter sie getreten, ohne dass sie sie gehört hatte.

»Dich hat es ganz schön erwischt, was?«, säuselte Marianne amüsiert.

Grace sagte nichts dazu, ihre Miene blieb unverändert.

»Komm schon. Mir kannst du es schon sagen. Du stehst voll auf sie, hm?«

»Lass uns wieder reingehen«, sagte Grace. Es war ihr unangenehm.

»Hey! Ist das der Dank dafür? Ich habe echt mein Möglichstes getan, um abzuchecken, ob sie auch auf dich steht.«

»Was hast du?« Grace verstand nicht.

»Na, die Bemerkung mit all den Frauen, die dich anhimmeln. Natürlich stimmte das, aber ich wollte doch sehen, wie sie darauf reagiert. Und du auch, wenn du ehrlich bist.«

Grace dämmerte, dass Marianne nicht halb so angeschickert war, wie sie getan hatte.

»Lass uns noch was trinken. So unter vier Augen.« Marianne lächelte besonders.

Grace nickte ergeben, trat an die Bar und orderte noch zwei Lillet. Dann zogen sie sich in eine stille Ecke zurück.

»Also, ich höre«, sagte Marianne nachdrücklich.

Grace blies die Luft aus ihren aufgeblähten Backen. »Was soll ich sagen?«, fragte sei verzweifelt, und in einem anderen Tonfall fuhr sie fort. »Bist du schon einmal einem Menschen begegnet, dessen Ausstrahlung dich so lähmt, dass du gar nichts mehr machen kannst? Also, nichts mehr sagen und dich nicht mehr bewegen?«

Marianne überlegte. »Nö.«

»Als ich Kristiina zum ersten Mal gesehen habe, an diesem Morgen, war ich wie versteinert. Ich konnte mich nicht mehr rühren.«

»Oh.« Marianne begann die Tragweite zu verstehen. »Oh, oh«, machte sie wieder. Diesmal klang es nachdenklicher.

»Erzähl mir was über sie, du kennst sie doch schon länger«, bat Grace. »Wie war das mit ihrem Freund?« Marianne hatte mal erwähnt, dass ein Mann auf der Ambulanz aufgetaucht war, den Kristiina so völlig abblitzen ließ, dass es auch dem Letzten aufgefallen wäre, dass zwischen ihnen etwas lief.

»Ich schätze, mit dem Typen hatte sie Schluss gemacht und er hat es wohl nicht akzeptiert. Auf jeden Fall hat sich Kristiina wahnsinnig darüber aufgeregt, dass er in die Ambulanz gekommen war. Sie hat sich anschließend sogar eine kurze Auszeit auf dem Balkon nehmen müssen.« Sie verzog dramatisch das Gesicht.

»Du bist sicher, das war ihr Ex?«

»Ganz sicher. Sie ist sonst immer total freundlich. Zu jedem.«

Grace nickte.

»Vor einem Jahr war sie mit jemand anderem zusammen. Sein Name war Matti. Er hatte sie ab und zu abends abgeholt.«

»Und mit dem hat sie auch Schluss gemacht?«

Marianne zuckte die Schultern. »Keine Ahnung. irgendwann hieß ihr Freund nicht mehr Matti, sondern Erik. Und der war der letzte.«

Beide Frauen nahmen einen Schluck und schwiegen.

»Schlechte Karten, oder?«, fragte Grace leise, wie zu sich selbst.

»Abwarten. Erst sägen, dann hacken, dann stapeln. Altes finnisches Sprichwort.«

»Ha, ha!«

»Auf jeden Fall solltest du nichts unversucht lassen. Dass sie gekommen ist, hätte ich nicht geglaubt. Kristiina ist ein absoluter Morgenmensch.« Da fiel ihr etwas ein. »Geh doch einfach regelmäßig mit ihr zum Frühschwimmen, geht zusammen in die Sauna. Da lernt man sich am besten kennen.«

»Ja«, sagte Grace. »Da bin ich schon selbst darauf gekommen.«

»Der Preis ist echt hoch, was?« Marianne lachte verschwörerisch und tat so, als würde allein der Gedanke an morgendliches Schwimmen in dieser Jahreszeit sie zum Frieren bringen.

Grace grinste schräg.

»Aber ohne Scheiß! Sie mag dich. Sonst wäre sie hier nicht aufgeschlagen. Kristiina interessiert sich nämlich nicht für Musik, es sei denn, es handelt sich um Klassik. Und abends noch bis in die Puppen in einem Club abhängen ist auch nicht ihr Ding.«

»Meinst du?« Grace ließ ihre Worte auf sich wirken. Kristiina hatte sich sichtlich wohlgefühlt und die Musik hatte ihr gefallen. Tief in ihrem Herzen hoffte sie, sie möge der Grund dafür gewesen sein. Aber das würde sie nicht einmal Marianne gegenüber äußern.

Schweigend nippten beide Frauen an ihrem Drink. Jede in ihre Gedanken vertieft.

»In wen bist du verliebt?«, fragte Grace.

»Ich?« Marianne überlegte, wie sie es sagen sollte. »Er war eigentlich schon in der Grundschule meine heimliche Liebe. Und heute ist er es noch immer. Aber bald habe ich ihn so weit!« Ihr Gesicht spiegelte einen so zuversichtlichen Ausdruck, dass Grace sie darum beneidete. »Er ist so süüüüß«, hauchte Marianne.

»Was steht noch zwischen euch?«

»Er hat eine andere. Noch!«

Grace stöhnte.

Marianne ließ sich nicht davon beirren. Sie schien felsenfest an die Liebe zu glauben und kehrte zu Grace' Herzenssache zurück. »Ich habe das Gefühl, es wird zukünftig spannend werden bei uns in der Ambulanz«, sagte sie geradezu verschwörerisch, und Grace wusste, ihre Kollegin würde alles dafür tun, um sie bei ihrem Vorhaben zu unterstützen, Kristiina für sich zu gewinnen.

Zwölf

Der Montag zeigte sich freundlicher. Als Kristiina um sechs Uhr im Stockdunkeln zum Strand joggte, hatte es aufgehört zu regnen und auch die Gehwege waren völlig matsch- und eisfrei. Voller Vorfreude öffnete sie die Tür zur Umkleide und fuhr erschrocken zusammen. Da saß jemand! Direkt gegenüber der Tür. »Grace!«

Grace sah sie mit unschuldigen Augen an. »Ich dachte, ich komme heute auch. Hätte ich dir vorher Bescheid geben sollen?«

»Nein«, beschwichtigte Kristiina sofort. »Natürlich nicht. Meine Nerven! Ich war nur in Gedanken. Entschuldige.«

»Warst du am Wochenende auch hier?«, erkundigte sich Grace, während sie sich beide auszogen.

»Nur Sonntag. Samstag nicht.«

»Oh. Das war wohl meine Schuld, was?«

Kristiina lachte. »Von Schuld kann man da nicht reden. Ich war froh, dass ich dabei war. Es war ein wirklich schöner Abend. Danke noch mal dafür. Ich hab mich noch gar nicht bei dir gemeldet. Sorry.«

In Finnland war es eine höfliche Geste, sich am Folgetag noch einmal für ein schönes Event zu bedanken. Entweder telefonisch oder durch eine Textnachricht. *Kiitos viimeisestä!* Danke für gestern.

Grace winkte ab. »Nicht nötig.« Sie stand startklar in ihr Handtuch gewickelt da, und Gänsehaut hatte sich längst über ihrem ganzen Körper ausgebreitet. Zumindest an den Stellen, die Kristiina sehen konnte.

»Komm, bevor du noch mehr frierst«, sagte sie aufmunternd.

Sie öffnete die Tür und beide gingen geradewegs zum Steg. »Warst *du* am Wochenende hier«, fragte Kristiina.

»Ich allein? Ohne dich? Bist du verrückt?«

Es gefiel Kristiina, wie sie es sagte. Als wäre das wirklich undenkbar. Sie stieg wieder als Erste ins eiskalte Wasser. Das im Meerwasser schwimmende Thermometer zeigte sechs Grad. »Es ist wärmer geworden. Du wirst es sofort merken.« Dann musste sie lachen, weil auch ihr die Luft wegblieb.

Grace stieg ihr hinterher ins Wasser, wenn auch zitternd. Kristiina überkam wieder dieser Impuls, sie in die Arme zu schließen. Sie beobachtete amüsiert, wie Grace mit einem Schreckensschrei abtauchte und sofort wieder aus dem Wasser flüchtete.

»Ich bilde mir ein, das war wesentlich länger als beim ersten Mal«, frotzelte Kristiina beim Aussteigen und eilte ihr hinterher.

Eeva kam ihnen entgegen. »Guten Morgen, Mädels!«

»Huomenta!«, erwiderten die beiden. Und Grace sagte, wenn auch etwas außer Atem: »Heute ist es schon viel wärmer. Um einen ganzen Grad.«

Eeva lachte, und ehe sie sich versahen, sprang die ältere Frau ins Wasser und schwamm ein paar Züge.

Grace traute ihren Augen nicht. »Die ist echt der Hammer!«, stöhnte sie.

Rasch begaben sie sich unter die Duschen. Niemand außer ihnen war da. Sie duschten lange und ausgelassen.

»Kommst du jetzt täglich?«, fragte Kristiina, als sie sich trocken rubbelte.

»Oh Gott, nein! Aber ein- oder zweimal die Woche sollte ich schaffen.«

»Eine schöne Überraschung, wenn du so plötzlich vor einem sitzt«, sagte Kristiina.

»Wenn ich dich nicht zu Tode erschrecke, meinst du?« Grace grinste.

Sie warf einen flüchtigen Blick auf ihr Handy. »Wir müssen! Unsere Tram kommt gleich«, mahnte sie.

Sie erwischten sie gerade noch und ließen sich schnaufend und lachend auf zwei freie Sitze fallen. So fröhlich hatte noch keine Woche begonnen.

Frisch und energiegeladen sammelten sie sich mit Marianne und einem der Jungs vom Gipszimmer zu einem kurzen Meeting, besprachen den Dienstplan der Woche.

»Oh, du hast ja diese Woche Bereitschaft«, bemerkte Grace mit Blick auf den Plan.

»Ja, und ich auch«, sagte Marianne, »zusammen mit dir.« Ihr Blick traf Kristiina.

»Schön«, grinste sie. »Vielleicht können wir abends wieder *Die jungen Ärzte* angucken.«

Wenn man es gar nicht versuchen wollte, einen kurzen Powernap zu halten, gab es einen Aufenthaltsraum samt Fernseher. Dort hatten sie schon gemütliche Stunden verbracht. Kristiina und Marianne versuchten immer das Beste aus ihren Bereitschaftsdiensten zu machen.

Kristiina warf einen Blick auf die Uhr. »Also auf!«, sagte sie, und alle stoben auseinander in ihre morgendliche Routine.

»Bui, kommst du mal!«, rief Marianne wenig später über den Flur.

Zu Kristiinas Überraschung reagierte Grace und entschuldigte sich: »Bin gleich wieder da.«

Als sie wiederkehrte, zog Kristiina eine Augenbraue hoch. »Bui?«, fragte sie.

»Ja«, antwortete Grace bereitwillig. »Kommt von Wambui. Alle meine Freunde nennen mich so, wenn du möchtest …«

»Nein«, sagte Kristiina so nachdrücklich, dass Grace sie erschrocken ansah. »Bui? Was soll das sein? Eine vietnamesische Frühlingsrolle?« Mit diesen Worten verließ sie den Raum und ging zum nächsten Patienten.

»Sag mal!«, hörte sie Grace ihr empört hinterherrufen.

Als sie einige Minuten später wieder aufeinandertrafen, suchte Grace ihren Blick. Kristiina ignorierte es, entschuldigte sich nicht für ihre Übergriffigkeit.

Denn genau das war es. Was ging es sie an, wie Grace sich von anderen nennen ließ? Es hat sie nicht zu interessieren. Punkt. Trotzdem regte sie sich darüber auf. *Bui*. Das wurde so einer Frau doch in keiner Weise gerecht. Grace war eine talentierte, engagierte, wunderbare Frau. Die nannte man doch nicht *Bui! Wie sich das anhört!* Sie hielt inne. Überlegte. Was war plötzlich los mit ihr?

Heute Morgen war sie noch völlig normal gewesen, um nicht zu sagen ausgelassen. Und jetzt? Diese Stimmungsschwankungen kannte sie von sich nur, kurz bevor sie ihre Tage bekam. Der Wievielte war heute? Litt sie unter ihrem prämenstruellen Syndrom? Dann wäre sie einige Tage zu früh dran. Könnte aber vielleicht sein.

Grace sagte an diesem Vormittag nichts mehr zu ihr. Aber sie würde zu einer anderen Zeit an einem anderen Ort darauf zurückkommen. Da war sich Kristiina sicher. Eine gute Entscheidung, denn hier in der Ambulanz hatte die Arbeit Vorrang, nicht ihre privaten Angelegenheiten.

Es gelang ihr heute nicht, ganz und gar in ihrer Arbeit aufzugehen. Und es hatte mit Grace zu tun. Zur Mittagszeit teilten sie sich wie immer in zwei Teams auf. Marianne und Grace gingen wieder als Erste. Kristiina schaute ihnen hinterher, beobachtete Grace mit ihrem leichten, anmutigen Gang. Und plötzlich hatte sie das Bild vor Augen, wie sie ohne Dienstkleidung aussah. Also, *völlig* ohne Kleidung. Ihr Gehirn lieferte augenblicklich ein hochaufgelöstes Megapixel-Bild ihres nackten Körpers, ihrer Brüste. Sie wusste sogar, wie ihre Brustwarzen aussahen. Ganz offensichtlich hatte sie diesen Anblick sehr gründlich abgespeichert. Dabei hatte sie angenommen, beim Duschen weggesehen zu haben. Kristiina schluckte. *Was geschieht mit mir?*, fragte sie sich zum wiederholten Male.

Dass Grace einen Sonderstatus bei ihr hatte, war leicht erklärbar. Erstens hatte sie einen sehr schlechten Start bei ihr hingelegt. Danach musste sie sich damit auseinandersetzen, wie viel versteckter Rassismus doch in ihr schlummerte. Natürlich hatte sie sich mehr mit ihr beschäftigt als mit irgendeiner anderen Kollegin. Und dann hatte sie festgestellt, dass Grace zusätzlich noch eine begnadete Musikerin ist. Auch das imponierte ihr. Das war doch nachvollziehbar. Und wenn es mehr war? Ein flaues Gefühl entsprang irgendwo in ihrer Magengegend und setzte sich dort fest.

In Gedanken versunken schüttelte sie den Kopf.

Sie war nicht lesbisch, nur weil sie einmal erotisch auf eine Frau reagierte. Das hätte sie doch viel früher bemerken müssen. Und doch: Die Vorstellung einer nackten Grace machte sie an!

Eine Erkenntnis, die ihr Angst machte.

Dreizehn

»Hast du das gerade mitbekommen?«, fragte Grace, kaum dass sie außer Sicht waren.

»Was?«

»Als du mich gerufen hast. Du hast gerufen ›Bui, kommst du mal?‹«

»Und?« Vergnügt bog Marianne ab durch die Tür ins Treppenhaus. Sie gingen die zwei Stockwerke zu Fuß.

»Kristiina hat sich voll darüber aufgeregt. Bui klingt mehr nach einer vietnamesischen Frühlingsrolle als nach einem Namen, hat sie mir gerade an den Kopf geworfen.«

»Kristiina?«, wiederholte Marianne ungläubig. Sie blieb stehen und sah Grace prüfend an.

»Ja, Kristiina.«

»Gibt's doch nicht! So kenn ich sie gar nicht.«

»Ich hab auch erst gedacht, ich hätte mich verhört.«

»Heute Morgen war doch alles ganz entspannt. Ihr wart doch sogar zusammen beim Morgenschwimmen.«

»Ja«, sagte Grace. Ihre Stimme klang zunehmend verzweifelt.

Sie kamen in der Kantine an und jede nahm sich ein Tablett und wählte aus den angebotenen Mahlzeiten.

Schließlich zuckte Marianne mit den Schultern. »Vielleicht war sie nur kurz mal genervt. Du darfst so einen Ausbruch nicht überbewerten. Sie arbeitet wirklich für zwei.«

»Meinst du, es ist sinnvoll, bei unserem Plan zu bleiben? Wird sie das nicht eher nerven?«, fragte Grace sie, als sie sich wenig später am Tisch gegenübersaßen.

Beide Frauen hatten kurz nach dem Team-Meeting heute Morgen vereinbart, dass sie den Bereitschaftsdienst tauschen würden, um Grace zu ermöglichen, die kommenden drei Nächte mit Kristiina zusammenzuarbeiten.

»Natürlich! Du musst jetzt dranbleiben, Bui! Kristiina ist keine Frau, die lange allein ist. Wenn du dir auch nur einen Schimmer Hoffnung machst, dann lern sie jetzt besser kennen, in den kommenden Nächten.« Sie grinste sie aufmunternd an, rollte mit den Augen.

Aber Grace war nicht zum Lachen zumute. »Ich weiß nicht, ob das ein guter Schachzug ist. Aber hinterher ist man ja immer schlauer«, fügte sie mit einem Seufzen hinzu.

»Wenn sie erst wieder einen neuen Freund hat, ist es zu spät. Also, nutz deine Chance. Wie war es eigentlich heute Morgen?« Marianne grinste. »Duscht ihr eigentlich nach dem Eintauchen ins Meerwasser?«

»Ja«, sagte Grace knapp.

»Und?«

»Was und?«, stellte sich Grace dumm.

Marianne warf ihr nur einen langen Blick zu.

»Na ja. Sie ...« Grace unterbrach sich. »Ich fahr gut damit, wenn ich in die andere Richtung sehe.«

»Ach, so schlimm?«, flachste Marianne.

Sie erntete einen gutmütigen Puff, den sie lachend wegsteckte. Sie konnte sich denken, dass Kristiina auch – oder gerade – nackt eine sehr schöne Frau war.

Als sie ihre Tabletts abräumten, sagte Marianne: »Wenn ihr ein Problem habt, dann beredet es. In der Nacht hat man Zeit genug dazu.«

Grace nickte, obwohl sie wusste, dass sie es nicht tun würde. Sie wollte keinen Ärger heraufbeschwören, sondern nur Kristiina näher kennenlernen. Mariannes Argumente waren hieb- und stichfest. Sie musste ihre Chancen ausloten. Kristiina würde nie erfahren, warum es so plötzlich zu dem Tausch gekommen ist. Marianne hatte die großartige Idee gehabt, zu behaupten, dass es Grace so besser passen würde wegen ihren abendlichen Auftritten mit der Band. Nächsten Monat würde es bei ihr schwieriger werden, Privatleben und Bereitschaft unter einen Hut zu bekommen.

Witzigerweise stimmte das sogar. Es war noch nicht einmal eine Notlüge.

Also änderten die beiden den Dienstplan und ließen es von der Abteilungsleitung absegnen.

Vierzehn

Die beiden haben getauscht? Warum das denn?, wunderte sich Kristiina, als ihr die Änderung auf dem Dienstplan ins Auge stach. Das war aber wirklich sehr kurzfristig. Marianne hatte gar nichts davon gesagt.

»Hey, du Treulose«, sagte sie, als sie ihr über den Weg lief, »wir wollten gemeinsam *Die jungen Ärzte* ansehen!«

»Oh, sorry! Kannst du ja mit Grace machen. Ihr war es lieber so. Wegen ihrer Auftritte.«

Ach, was!, hätte Kristiina beinahe laut gesagt. Kaum hier und schon wurde der Dienstplan nach ihren Wünschen verändert. Natürlich könnte ihr das egal sein, mit wem sie Dienst haben würde, aber eigentlich hatte sie sich schon auf ein paar entspannte Nächte mit Marianne gefreut. Wer wusste denn schon, wie gemeinsame Abende mit Grace verliefen. Etwas Abstand zu ihr wäre vielleicht ganz gut gewesen.

»Ich hoffe, es macht dir nichts aus«, sagte Grace wenig später.

»Natürlich nicht«, log Kristiina, in Gedanken schon am nächsten Tag.

Sie würde nach vier Uhr noch einmal nach Hause gehen und

einkaufen. Sie mochte es, wenn der Kühlschrank voll war für den Fall, sie käme für ein paar Stunden nach Hause. Vielleicht bliebe sie aber auch in der Klinik. Mal sehen. In ihrer Wohnung wartete niemand mehr auf sie.

Es war ein Ritual, dass sie vor ihren Bereitschaftsnächten noch einmal zum Schwimmen ging und sich auch Zeit zum Saunieren nahm. Für einen kurzen Moment dachte sie daran, Grace zu fragen, ob sie sie begleiten mochte. Sah dann aber davon ab. Nein, sie würde eine ihrer Freundinnen fragen: Helena oder Paula. Vielleicht wären die sowieso dort.

Es regnete schon wieder, als Kristiina am nächsten Tag nach dem Dienst einkaufen ging. Bis sie eine Stunde später zum Strand joggte, hatte sich der Niederschlag in einen Graupelschauer verwandelt. Tief hängende graue Wolken und der ständig kalte Ostwind drückten auf die Stimmung. Die wenigen Menschen, die ihr auf der Straße begegneten, hatten die Schultern hochgezogen, die Kapuzen tief im Gesicht hängen, oder man sah sie gar nicht mehr unter ihren Regenschirmen. Das war die Kehrseite Finnlands. Irgendwie musste man diese Zeit überstehen. Die Finnen saßen an solchen Tagen gerne in der Bibliothek, in der Sauna oder mit Freunden zu Hause. Etwas musste man tun, sonst überkam einen die Schwermut.

Der Steg war nass und rutschig und der Regen kalt auf ihrer Haut. Sie hatte auf ein Handtuch verzichtet. Es würde nur sinnlos nass werden. Schneller als sonst tauchte sie ein. Sie wollte das Bild der nackten Grace mit ins kalte Wasser nehmen, und wenn sie wieder auftauchte, wäre es vielleicht verschwunden und sie könnte wieder klar denken. Sie schwamm sogar ein paar Züge, bevor sie wieder ausstieg. Auf dem Steg stehend zog sie die kalte Luft ein. Nichts auf der Welt erdete einen so wie ein Bad in eiskaltem Wasser. Die Aussicht auf die gut geheizte Sauna ließ sie gemächlich zurückgehen. Regentropfen rannen über ihren

Rücken, hinterließen eisige Spuren. Sie war überaus dankbar für die Sauna hier am Strand, schnappte sich im Vorraum eine der Sitzunterlagen und verschwand durch die hölzerne Tür.

Es war gut eingeheizt und roch nach Wacholderbeeren vom letzten Aufguss. Alle drei Stufen waren leer. Der Ofen bollerte allein vor sich hin. Es wunderte sie nicht. Wer kam schon bei diesem Wetter hierher?

Sie nahm die Kelle, tauchte sie ganz ins Wasser und verteilte den Inhalt großzügig über den Steinen. Es zischte und kurz darauf sank heißer Dampf auf ihren Rücken herab. Sie stöhnte leise auf. Ihre Haut prickelte beinahe schmerzhaft. Dennoch tat es gut.

Und wieder war sie am Grübeln. Gab es in ihrem früheren Leben irgendeinen Hinweis auf eine lesbische Veranlagung? Sie zermarterte sich das Hirn, aber da war nichts. Keine Erzieherin, keine Lehrerin, keine Schulfreundin, keine Kommilitonin für die sie jemals anders etwas empfunden hätte als Freundschaft oder gar Bewunderung. Nie, aber auch niemals hatte sie die Nähe zu einer Frau als erotisch empfunden. Wie konnte es geschehen, dass eine Kollegin sie jetzt völlig durcheinanderbrachte?

Sie musste ihren Verstand einschalten. Empfand sie so, weil sie genau wusste, dass Grace auf Frauen stand? Die Chance, dass sie ihre Gefühle erwidern könnte, waren gegeben. Andererseits war Grace ihre Mitarbeiterin. Beziehungen am Arbeitsplatz bedeuteten oft das Ende einer entspannten Arbeitsatmosphäre. Was, wenn das Ganze nur eine Phase war, die sich nach ein paar Wochen wieder verflüchtigte? Dann hätte sie sich mit Grace vielleicht schon auf etwas eingelassen, das nicht mehr rückgängig zu machen war und eine weitere Zusammenarbeit unmöglich macht. Das wäre unverantwortlich.

So etwas wollte sie Grace nicht antun. Sie freute sich an ihrem neuen Job. Wie also sollte sie sich in den nächsten drei Tagen und Nächten verhalten? Wie auch immer sie es drehte und wendete, kam sie zu keinem Ergebnis. Sie würde also versuchen, sich möglichst nichts anmerken zu lassen und so ausgeglichen wie möglich mit Grace umzugehen. Vielleicht könnte sie die Bachblüten von Tuula mit zur Arbeit nehmen. Tuula schwor auf sie bei Notfallsituationen. Und genau dazu könnte es in den nächsten drei Tagen und Nächten kommen: zu einem Notfall.

Die Tür öffnete sich und eine Frau drängte ins Warme. »Was für ein furchtbares Wetter! Da schickt man keinen Hund raus!«, schimpfte sie, als sie Kristiina erkannte.

Kristiina lachte. »Moi, Paula. Es reicht ja, wenn *du* vor die Tür gehst!«

Paula klatschte ihr mit der flachen Hand auf die Schenkel. »Hei, nicht so frech! Warst du schon im Wasser?«

»Ja. Und ich glaube, mir reicht heute einmal.«

»Wie kommt es, dass du da bist? Hast du Bereitschaft die nächsten Tage?« Paula wusste Bescheid über die Gewohnheiten ihrer Freundin.

»Ja.«

»Wie viel Nächte?«

»Drei.«

»Das geht ja. Ich muss nächste Woche fünf Nächte abdecken.« Paula arbeitete in dem städtischen Seniorenheim. Und bei ihr war es nicht nur Bereitschaft, sondern eine reguläre Nachtschicht. Paula hatte echt zu tun und nach der fünften Nacht war sie in der Regel fix und fertig.

»Was geht es Erik?«, fragte sie unvermittelt.

Kristiina zögerte die Antwort etwas hinaus. »Keine Ahnung. Kann ich dir nicht sagen. Wir haben uns vor zwei Wochen darauf geeinigt ...«

»Oh!«, dämmerte es Paula. »Schon wieder aus und vorbei?«

Kristiina ärgerte sich über ihre Reaktion, schwieg aber.

»Erik war so ein kompakter Kerl. Um den habe ich dich echt beneidet!«

»Ach, ja?«

Paula öffnete den Mund, schloss ihn aber wieder. Eine weise Entscheidung, schätzte Kristiina.

»Es geht mich ja nichts an«, bemerkte Paula kleinlaut und seufzte.

Eine Erkenntnis, die Kristiina kommentarlos akzeptierte.

Man hörte eine Saunatür von nebenan zuschlagen. Die Männersauna.

»Wer ist drüben? Hast du jemanden gesehen?« Kristiina wandte den Kopf nach nebenan, als könnte sie durch die Holzwände sehen.

»Sampo und Antti sind da«, sagte Paula.

Antti war das männliche Pendant zu Eeva. Er kam so gut wie jeden Tag.

»Ihr hattet so gut zueinandergepasst«, kam Paula wieder zu ihrem Thema zurück. Diese Bemerkung konnte sie sich offensichtlich nicht verkneifen.

»Findest du?« Kristiina machte noch einmal einen kräftigen Aufguss.

»Ich hab angenommen, es wäre der Richtige. Ihr seid so liebevoll miteinander umgegangen. Und er hat dich immer so angehimmelt! Ich hatte ihn dir wirklich gegönnt.«

»Nett von dir«, blieb Kristiina kurz angebunden.

Sie schwiegen und ließen die Auswirkung des heißen Dampfes über sich ergehen.

»Janne ist auch nicht immer das Gelbe vom Ei«, begann Paula nun von ihrem Freund zu reden.

Kristiina sagte nichts dazu. Sie hatten dieses Thema schon oft genug durchgekaut. Sie wollte aber das Gelbe vom Ei! Sie würde sich nicht mit dem glibberigen Eiweiß zufriedengeben. Sie lachte auf bei diesem Gedanken. »Ach, Paula, lass gut sein, ja?«

Paula stöhnte auf, aber aus anderem Grund. Ihr Gesicht war gerötet. Schweiß stand auf ihrer Stirn. »Gehst du noch einmal mit raus?«

»Ja«, entschied sich Kristiina um. Noch einmal ins Wasser, danach aufwärmen und duschen. Dann würde sie ins Krankenhaus gehen.

Fünfzehn

Kristiina traf kurz vor zehn Uhr in der Ambulanz ein. Hier war ihre Welt. Beziehungsweise eine ihrer zwei Welten. Wenn sie hier war, vergaß sie ihr Privatleben manchmal ganz und gar. Die Atmosphäre in sterilem Weiß, die Gerüche, die Geräusche. Alles war hier so vertraut, dass es ein Wohlgefühl in ihr auslöste.

Im Wartebereich saßen trotz der späten Stunde zwei Personen. Ein Vater mit seinem Sohn. Der Junge im Grundschulalter weinte und sein Vater strich ihm immer wieder beruhigend über den Kopf. Ganz offensichtlich hatte er Schmerzen.

»Habt ihr euch schon angemeldet?«, fragte Kristiina.

»Ja, aber wir müssen noch warten. Die Schwester hat gesagt, der Arzt ist gerade auf Station«, antwortete der Vater, froh darüber, ein menschliches Wesen anzutreffen, mit dem er reden konnte. »Dauert das noch lange? Der Fuß tut ihm so weh.«

Kristiinas Dienst begann eigentlich erst in einer halben Stunde. Aber sie sagte: »Geht schon mal ins erste Zimmer. Ich komme gleich und schau mir das an.«

Während er dankbar ihrer Aufforderung nachkam, loggte sich Kristiina als anwesend ein, schaltete ihr Diensthandy an. Sie checkte ihre Nachrichten und gab auf Station Bescheid, dass der

Kollege nicht mehr zu kommen brauche. Sie würde übernehmen. Danach ging sie ins Behandlungszimmer.

»Was ist passiert?«, fragte sie den Vater und sah dann den Jungen an.

»Nun«, es schien dem Vater peinlich zu sein, »wir haben etwas miteinander gebalgt.«

»Und dann?«

»Hat er plötzlich seinen Fuß verdreht.«

»Ah.« Kristiina nickte. Der Junge machte keinen verschüchterten oder verängstigten Eindruck. Gewollte Gewalteinwirkung konnte sie also ausschließen. Es musste ein Versehen gewesen sein. Vorsichtig betastete sie den Fuß, während der Vater die Socke seines Sohnes verkrampft in den Händen hielt. Das dürfte nur eine Bänderdehnung sein. Aber natürlich musste sie Schlimmeres ausschließen. »Röntgen müssen wir auf jeden Fall.«

»Ich kann mit ihnen rübergehen«, bot eine bekannte Stimme an.

Kristiina wandte den Kopf. »Grace, was machst du denn schon hier?«

»Dasselbe könnte ich dich fragen, oder?«, grinste Grace. Es tat gut, sie zu sehen. »Ich geh mit rüber. Gibst du drüben Bescheid?«

»Ja«, sagte Kristiina und fühlte sich erleichtert. Warum hatte sie sich Sorgen gemacht, was die kommenden Tage und Nächte anging? Alles war normal, sie arbeiteten gut miteinander.

Bis die drei wiederkamen, hatte Kristiina die Daten des Jungen ins System eingegeben. Sie nahm das Röntgenbild entgegen, das Grace ihr hinhielt, steckte es an die Lichtleiste und betrachtete es. Ja, eine Fraktur konnte man ausschließen.

»Wir werden den Fuß zwei Wochen ruhigstellen. So wie es aussieht, sind nur die Bänder überdehnt worden. Hast du starke Schmerzen?«, fragte sie den Jungen, als sie sich auf den Hocker ihm gegenübersetzte.

Der Junge schüttelte tapfer den Kopf. Es schien nicht mehr so sehr wehzutun, seit er wusste, dass nichts gebrochen war.

»Nun, ich verschreibe dir ein Schmerzmittel und der Papa kann es gleich unten in der Zentralapotheke abholen. Wenn es zu sehr wehtut, nimmst du eine Tablette heute Abend und wenn nötig noch mal morgen früh.«

Sie zog dem Jungen einen Schlauch aus Verbandsmull über den Fuß, umwickelte ihn mit einem Wattevlies, über das sie noch einmal eine Schicht Baumwollmull wickelte, bevor sie ein paar Gipsbinden ins Wasser tauchte und als letzte Schicht darüberwickelte. Die Zehen ließ sie frei, den Rest des Fußes bis hoch unterhalb des Knies bandagierte sie. Immer wieder machte sie ihre Hände nass und modellierte einen passenden Gipsverband. »So, der bleibt die ersten vierzehn Tage, dann wird er ausgewechselt mit einer leichten Orthese. Aber das Tolle an *diesem* Teil ist, dass alle deine Freunde darauf unterschreiben können! Wie findest du das?«

Der Junge grinste. Der Gedanke schien ihm zu gefallen. Bei Kindern griff Kristiina gerne noch zu den klassischen Gipsbinden. Sie waren zwar schwerer, aber hatten den Vorteil, dass sie sehr stabil waren und die Gliedmaße auch noch ruhigstellten, wenn Kinder damit umhertobten. »Du musst jetzt eine halbe Stunde warten, bis das ausgehärtet ist. Dein Papa kann dir solange eine Geschichte vorlesen.« Kristiina lächelte den Vater an. »Drüben im Wartebereich gibt es ein Regal mit Kinderbüchern. Du kannst dich gerne bedienen.«

»Ich hab sie vorhin schon entdeckt. Aber ihm war nicht danach.« Sein Kopf deutete auf seinen Jungen. Aber so erleichtert, wie er jetzt schien, war auch ihm nicht nach Lesen zumute gewesen.

Nach einer halben Stunde nahm er sein Kind auf den Arm und versprach, in spätestens zwei Wochen wiederzukommen.

Grace und Kristiina sahen ihm hinterher. Grace lächelte. »Und? Tee oder Kaffee?«

»Tee.« Auf zum gemütlichen Teil. Solange zumindest, bis

die diensthabende Person an der Pforte per Handy einen Zugang vermeldete.

Grace kochte Rooibos Orangen Tee. »Hast du Hunger?« Sie wartete ihre Antwort nicht ab. »Ich muss jetzt erst mal was essen. Ich habe mir eine Sushi-Platte einpacken lassen.« Und die stellte sie auf den Tisch. Kristiina sah Avocado, Lachs, Sesam, Thunfisch auf sehr appetitlichen Reisröllchen. Wer konnte diesem Anblick widerstehen?

Der Regen klatschte wieder an die Scheiben des Aufenthaltsraums. Glücklich war, wer jetzt arbeiten durfte und es sich dabei so richtig gemütlich machen konnte. Grace packte die Reisröllchen auf zwei Teller, stellte Sojasoße und eingelegten Ingwer dazu, goss Tee ein. Das Handy schwieg und so blieb es.

Die Nachtbereitschaft hätte nicht harmonischer sein können. Gegen eins, als es immer noch still war, suchten sie ihre Bereitschaftszimmer auf und legten sich aufs Ohr. Das Telefon dort würde läuten, wenn sie gebraucht würden. Kristiina wachte in der Regel beim ersten Klingeln auf. Ihr Schlaf im Krankenhaus war leichter als zu Hause. Es war nie nötig, sie persönlich zu wecken, auch wenn das ganz einfach gewesen wäre. Die Türen der Bereitschaftszimmer ließen sich mithilfe eines Magneten öffnen.

Doch auch das Telefon blieb ruhig. Erst gegen sieben klingelte ihr Wecker, sie stand auf, duschte, zog sich an, klopfte an der Tür des Nebenzimmers. Grace war auch startklar. Gemeinsam gingen sie frühstücken. Es war fast schon Gewohnheit geworden, neben ihr herzugehen. Kristiina empfand ihre Aura als sehr belebend. Sie mochte es, wie Grace sich bewegte, kannte ihre Gesten, ihre Mimik, die Wahl ihrer Worte. Das alles gefiel ihr – immer mehr.

Ein schöner Start in den Tag, der wieder arbeitsreich war, aber ohne besondere Vorkommnisse blieb. Um vier Uhr benötigte sie eine Pause, legte sich hin, schlief drei Stunden. Als sie erwachte, hatte sie das Bedürfnis, die Klinik für eine Weile zu verlassen, bevor der Bereitschaftsdienst wieder ihre Anwesenheit notwendig machte.

»Gehst du noch raus?«, fragte Grace sie, als sie ihr auf dem Gang begegnete. »Es regnet in Strömen.«

»So langsam könnte es mal aufhören«, entgegnete Kristiina. Dann hatte sie eine Idee. »Gehen wir was essen?«

Grace antwortete, ohne zu überlegen. »Gute Idee! Das Beste, das man bei diesem Wetter machen kann. Also, abgesehen vom Eislocheintauchen.«

»Eislöcher gibt es bei diesem Regen nicht mehr.« Kristiina verzog das Gesicht zu einer Grimasse des Bedauerns.

Grace lachte. »Stimmt. Wo gehen wir hin?«

»Egal. Irgendwohin, wo es warm und gemütlich ist.«

Eine halbe Stunde später saßen sie beim Vietnamesen, bestellten Leckereien vom Grill in unterschiedlichen Soßen mit viel Reis und Salat. Sie sahen von einer Vorspeise ab. Spätesten jetzt hätte Kristiina erwartet, Grace würde ihren verunglückten Vergleich ihres Spitznamens *Bui* mit einer Frühlingsrolle ansprechen. Aber Grace verlor kein Wort mehr darüber.

Es schien Kristiina, als wollte Grace nichts so sehr, wie unbeschwert Zeit mit ihr zu verbringen. Sie machte Späße, erzählte von ihrer Wohngemeinschaft, ihren gemeinsamen Proben und Auftritten und was dabei alles schon so schiefgelaufen war. Es war witzig, ihr zuzuhören. Und mit einem Mal dachte Kristiina: Mutter würde sie mögen, und ihr Vater auch. Sie wunderte sich über diesen Gedanken.

»Was ist?«, fragte Grace, die die Veränderung in ihrer Mimik wahrgenommen hatte. »Habe ich etwas Falsches gesagt?«

»Nein. Um Himmels willen. Ich war gerade nur in Gedanken.«

Grace hörte auf zu reden, gab ihr die Möglichkeit, das Thema zu wechseln, wenn sie wollte. Kristiina schüttelte den Kopf. »Weiter«, sagte sie. »Ich höre dir gerne zu.«

Und Grace sprach weiter. Kristiina verfolgte, wie ihre Lippen sich bewegten, ihre Augen aufblitzten, wenn sie lachte, ihre Hände ihre Ausführungen unterstrichen oder ausmalten. Grace fühlte sich wohl in ihrer Gesellschaft, das war nicht zu übersehen. *Sie würde mit mir flirten, wenn wir keine Kolleginnen wären*, ging Kristiina auf und lachte gleichzeitig über den Witz, den Grace gemacht hatte. Eine passende Reaktion, denn der Gedanke löste ein Glücksgefühl in ihr aus. Grace würde mit ihr flirten!

Ich muss mit ihr reden. Wenn unsere gemeinsamen Nächte vorüber sind. Ihr war nicht wohl bei dem Gedanken. Was sollte sie ihr auch sagen? »*Hei Grace, ich fühle es, du interessierst dich für mich. Und merkwürdigerweise empfinde ich dir gegenüber dasselbe. Kann aber auch sein, ich irre mich und du bist für mich lediglich eine Phase. Bis jetzt hatte ich nämlich noch nie etwas mit einer Frau.*« Was würde Grace ihr antworten? »*Ist schon okay. Das macht nichts. Probieren wir es eben.*« Mit Sicherheit nicht! Sie schob den Gedanken beiseite, genoss ihre Gesellschaft und die Gemütlichkeit vor Ort.

»Ich zahle«, entschied sie, als es Zeit war aufzubrechen.

Grace ließ es zu. »Danke«, sagte sie. Es klang natürlich und ungezwungen und weckte in Kristiina den Wunsch, ihr viel mehr zu schenken als nur ein Essen. Für den Moment fühlte sie sich ganz euphorisch. Wie lange würde diese Stimmung anhalten? Ob sie wirklich ihre Tage bekam?

Die zweite gemeinsame Nacht ließ noch nicht einmal den Gedanken an eine entspannte Pause zu. Sie beide wurden in den Operationssaal gerufen, Grace als unsterile Assistentin, sie als zweite Operateurin. Um drei hätten sie schlafen können, da waren sie aber so aufgedreht, dass es ihnen nicht möglich war. Ab halb fünf versuchten sie noch etwas zu dösen.

Was folgte, war für sie beide ein harter Arbeitstag, an dem sie sich Punkt vier ablösen ließen und ins Bett fielen. Um einundzwanzig Uhr wachte Kristiina auf, duschte sich, zog sich an, aß etwas, drehte noch eine Runde an der frischen Luft, bevor sie sich wieder zum Dienst anmeldete.

Auch in der dritten Nacht war ihnen gemeinsames Fernsehen oder eine längere Unterhaltung nicht möglich. Der Rettungswagen brachte zwei Unfallopfer. Eine Frau und einen Mann. Ein Lkw war in ihren Polo gefahren. Es war halb vier, bis sie den Angehörigen sagen konnten, dass die beiden überleben würden.

Kristiina fiel kurz darauf ins Bett, ließ sich erst um halb acht wecken und begann den Dienst in der Ambulanz ohne Frühstück mit zwei Tassen Kaffee im Magen. Letzte Nacht war wieder Hardcore, aber Grace und sie hatten sich wacker geschlagen. Der Chefarzt hatte für heute Unterstützung versprochen. Aber meist blieb es bei Versprechungen.

»Wo ist Grace?«, fragte Marianne kurz vor acht.

»Vielleicht schläft sie noch. Die Nacht war echt stressig«, antwortete Kristiina und rief die Festnetznummer ihres Zimmers an. Keiner meldete sich. »Wahrscheinlich steht sie gerade unter der Dusche.« Sie riefen die ersten Patienten in die Zimmer, doch Grace kam nicht. Um halb neun sagte Kristiina: »Ich seh mal kurz nach ihr.«

Sie ging den Gang entlang, klopfte, aber nichts tat sich. Also öffnete sie die Tür mittels eines Magneten. Grace lag immer noch im Bett, und so wie es aussah, war sie im Tiefschlaf. Das Einzige, was in den weißen Laken zu erkennen war, war ihr Haar.

»Hey, wie wäre es, wenn du mal wach wirst?« Kristiina trat ans Bett, rüttelte dort sanft, wo sie Grace' Schulter vermutete. Ein leises Stöhnen war die Antwort.

»Auf, komm schon. Die Arbeit ruft.«

Grace drehte sich schlaftrunken um. »Oh nein«, murmelte sie.

»Oh doch«, konterte Kristiina. »Wir warten auf dich!«

»Ich komme gleich«, nuschelte Grace. Ihre Augen waren nur halb geöffnet, das Haar stand vom Kopf ab. Was für ein süßer Anblick. Dann schlug sie die Decke zurück. Sie trug ein leichtes Top, einen Slip. Und ansonsten war da ganz viel nackte Haut.

»Es ist halb neun.« Kristiina versuchte, ihrem Tonfall etwas wie Strenge mit auf den Weg zu geben. Es gelang ihr nicht. Sie hörte sich an wie ein akustischer Wecker.

Grace gab einen unbestimmten Laut von sich. Mittlerweile saß sie an der Bettkante, sah aber noch so verloren aus, dass Kristiina sich mit aller Kraft davon abhalten musste, sie nicht ... ja, was? Ihr Haar noch viel mehr zu verwuscheln? Mit ihr auf die Matratze zurückzusinken und mit den Lippen ganz viel von dieser sanft schimmernden, ebenholzfarbenen Haut zu küssen? Kristiina schluckte, drehte sich um und ging rasch zurück.

Das war ja noch erotischer, als wenn Grace völlig nackt gewesen wäre. Diese Haut! Wie würde sie sich anfühlen?

»Und? Hat sie echt noch gepennt?« Marianne grinste. »Hast du sie wachgekriegt?«

»Ja. Mit Gewalt geht alles!«, bemerkte Kristiina trocken, verdrehte die Augen und ging an ihr vorbei ins erste Behandlungszimmer.

Sechzehn

»Oh, oh!«, machte Marianne, als Grace in der Ambulanz auftauchte. Sie machte einen aufgelösten Eindruck. Ihre Haare hatte sie mit Pflegeöl versucht zu bändigen, zu mehr war heute Morgen keine Zeit gewesen.

»Kristiina ist ganz schön stinkig«, raunte Marianne ihrer Kollegin zu.

»Es tut mir leid. Ich war echt noch im Tiefschlaf. Die letzte Nacht …«, begann Grace.

»Ich weiß. Musst du mir nicht erzählen. Wollen wir heute tauschen? Machst du die Anmeldung, und ich assistiere Kristiina, bis du richtig einsatzfähig bist?« Sie lachte leise.

»Danke.« Grace fuhr sich mit der Hand durchs Haar.

Marianne beobachtete sie dabei. »Du sieht gut aus. Völlig in Ordnung. Habt ihr eigentlich miteinander geredet? Also, so rein privat«, erkundigte sie sich noch rasch.

»Nein. Keine Zeit.«

Marianne zuckte noch mit den Schultern, murmelte irgendetwas von *schade,* dann ging sie in das Behandlungszimmer, in dem sie die Ärztin vermutete.

Grace blieb frustriert zurück. Eigentlich hätte sie gerne Kristiina assistiert. Aber vielleicht war es besser, ihr für ein paar

Stunden aus dem Weg zu gehen. Warum musste sie auch verschlafen? Sie verdrängte ihren Unmut, rief den ersten Patienten auf und hackte dessen Personalien in den Computer.

»Du darfst dann gleich in Zimmer zwei«, sagte sie zu ihm und rief die nächste Nummer auf. Alles lief hier strikt nach der Reihenfolge, es sei denn, jemand käme blutüberströmt oder kurz vor dem Kollaps. Schmerz war kaum ein Grund für eine Bevorzugung. Nicht hier. Als sie soweit auf dem Laufenden war, dass die nächsten drei Patienten schon wussten, wo sie hinmussten, wenn ihre Nummer aufleuchtete, machte sie einen Rundgang durch die Zimmer, um Material aufzufüllen. So konnte sie wenigstens mal die Lage checken.

Kristiina wurde sich ihrer eigenen Unkonzentriertheit erst bewusst, als ihr Patient sie ärgerlich ansah. »Klar bin ich gegen Tetanus geimpft. Das habe ich jetzt aber auch schon zweimal gesagt!«

Kristiina zog eine Augenbraue hoch. Mist. Dabei hatte sie angenommen, sie hätte sich voll im Griff. Sei's drum. Man musste bedenken, was ihr gerade widerfahren war. So ein Typ wie der hier hatte davon natürlich keine Ahnung. Der war noch nie dem Anblick einer bildhübschen, schlaftrunkenen Nubierin ausgesetzt gewesen.

Sie ließ ihn also gehen, ohne seinen Tetanus-Schutz aufzufrischen, setzte sich für einen Augenblick auf die Patientenliege.

Grace! Was wäre geschehen, wenn sie ihrem Gefühl nachgeben hätte? Also, wenn sich ihr dasselbe Bild an einem anderen Ort und zu einer anderen Zeit geboten hätte? Was, wenn sie sich zu ihr ins Bett gelegt, ihre seidene Haut berührt, sie gestreichelt und geküsst hätte? Und dann? Was macht man mit einer Frau im Bett? Was, wenn sich zwischen ihnen gar nichts Leidenschaftliches entwickelt hätte, weil sie es völlig falsch angepackt hätte? Vielleicht würde sie sich ungeschickt anstellen und Grace würde bereuen, es überhaupt zugelassen zu haben. Das alles könnte geschehen. Oh Gott! Jetzt erst konnte sie die Männer verstehen, die sie sich im Bett unter Leistungsdruck setzten. Man konnte ja wirklich vieles falsch machen!

»Kristiina?«, hörte sie Mariannes Stimme.

Kristiina zuckte zusammen.

»Kann ich den Nächsten reinlassen? Ich würde dir dann assistieren. Grace macht vorne die Anmeldung.«

»Ja, klar. Natürlich. Weiter geht's!«

»Braucht ihr was?«, fragte Grace einige Zeit später von der Türschwelle, als sie etwas Zeit zum Materialauffüllen fand.

»Zehner-Mullbinden und Siebzehner-Nadeln gehen demnächst aus«, antwortete Marianne dankbar.

»Und Wundkleber und Hautstrips«, ergänzte Kristiina. Sie war gerade dabei, eine Schnittwunde zu verkleben.

Als Grace wenig später das angeforderte Material brachte, sah Kristiina noch nicht einmal auf.

Dann eben nicht, dachte sie sich und gab es auf, ihren Blick zu suchen. Wie konnte sie sich so anstellen, bloß weil sie verschlafen hatte? Sie ging zurück zur Anmeldung.

Den ganzen Vormittag über wurde sie das Gefühl nicht los, Kristiina ginge ihr aus dem Weg. Sogar zum Mittagessen bestand Kristiina darauf, allein zu gehen.

Der Nachmittag verlief kaum anders. Kristiina mied ihren Kontakt, wo sie nur konnte, und noch bevor sie Feierabend hatten, platzte Grace der Kragen.

»Verdammt, ich hätte nicht geglaubt, dass du deswegen so sauer sein kannst!«, fuhr sie Kristiina an, als sie sich vergewissert hatte, dass sie allein im Zimmer waren. »Sieh mich doch wenigstens mal an! Habe ich dir irgendetwas getan, außer dass ich es mir erlaubt habe, heute Morgen zu verschlafen?«

Kristiina sah ihr zum ersten Mal an diesem Tag in die Augen. »Ja«, sagte sie nur.

Grace reagierte fassungslos. »Das ...«, begann sie, brach jedoch ab. »Das tut mir leid, und was?«

Bevor Kristiina antworten konnte, begleitete Marianne eine alte Dame ins Zimmer und half ihr sich zu setzen. Grace warf Kristiina einen hilflosen Blick zu und trat den Rückzug an. Jetzt war ein Gespräch unmöglich. Sie sah auf die Uhr. Halb vier. Punkt vier durften sie gehen und die diensthabenden Ärzte der Chirurgie würden die verbliebenen Patienten übernehmen. Dann würden sie endlich die Zeit für ein ausführliches Gespräch haben. Das war ja nicht zum Aushalten.

Siebzehn

Mit Ungeduld sah Kristiina auf die Uhr. Endlich, kurz vor vier. Sie hatte es also irgendwie geschafft, diesen Tag zu überstehen.

»Ich bin dann mal weg«, sagte sie zu Marianne. Ihr Kollege würde gleich kommen und sie ablösen.

»Alles klar. Dann wünsche ich dir noch eine ruhige Nacht und im Anschluss ein erholsames Frei. Wie lange bist du weg?«

»Ich bin Montag wieder im Haus, ganz regulär.«

»Schön. Bis dann!«

»Hei, hei«, verabschiedete sich Kristiina endgültig und ging in Richtung der Bereitschaftszimmer davon. Im Augenwinkel nahm sie wahr, wie Grace immer noch Patientendaten in den Computer einpflegte. Mit raschen Schritten suchte sie ihr Zimmer auf, um sich umzuziehen. Sie musste raus ans Tageslicht, spazieren gehen. Sie musste sich Worte zurechtlegen, wie sie Grace sagen wollte was sie empfand.

»Du gehst?«, fragte Grace vorwurfsvoll, als sie ihr auf dem Gang entgegenkam. Ihr Blick schweifte verständnislos über ihre dicke Jacke. »Du machst dich einfach so vom Acker?« Ihre Stimme wurde mit jedem Wort ungehaltener. Sie war keine Frau, die sich so einen Umgang gefallen ließ.

Kristiina betrachtete sie mit solch distanziertem Interesse, als stünde sie vor einem Kunstwerk. Was war das, was Grace so unwiderstehlich machte? Ihre Augen sprühten Funken. Ja, sie hatte Temperament. Sie war schön und hatte Ausstrahlung. Und sie konnte sich durchaus wehren, wenn sie sich ungerecht behandelt fühlte. Nur um ihren Mund herum entdeckte sie ein hilfloses Zucken. Kristiina schien es, als wäre sie die Einzige auf der Welt, die dies sehen könnte.

»Rede mit mir!«, bat Grace sie geradeheraus.

Kristiina holte Luft. »Ich …«, begann sie und bemerkte, wie unpassend es war, jetzt zu reden. Worte konnten es nicht ausdrücken, was sie ihr sagen musste.

Und während Grace ihren Blick erwartungsvoll auf sie gerichtet hatte, näherte sie sich ihr – und küsste sie! Es fühlte sich so richtig an, wie noch nichts zuvor in ihrem Leben.

Doch der Kuss hatte Folgen. Eine merkwürdige Schwäche breitete sich in ihr aus. Ihre Knie wurden weich. Angst überkam sie, sie könnten einknicken und sie würde hier auf dem Flur vor ihr zusammenbrechen.

»Ich muss los!«, log sie. »Können wir uns später sehen?« *Nur fort.*

Kristiina fühlte eine Hand auf ihrem Arm.

»Kristiina«, sagte Grace und versuchte, sie zurückzuhalten.

Nicht jetzt und nicht hier. »Komm doch später vorbei. Du weißt, wo ich wohne.«

»Aleksanterinkatu«, erinnerte sich Grace, die sich nun überraschend schnell mit der Situation arrangierte. »Krieg ich vielleicht noch ’ne Hausnummer?«, fragte sie mit einem Anflug von Sarkasmus.

Kristiina nannte ihr eine Zahl und wandte sich um. »Bis später!« Ihre Knie zitterten. *Raus jetzt!*

Ich habe eine Frau geküsst, dachte sie, kaum, dass sie ins Freie stolperte. Es hatte aufgehört zu regnen. Warum ausgerechnet jetzt?

Okay. Ganz cool. Es ist mit nichts zu vergleichen, was ich jemals erlebt habe. Eine Frau zu küssen, ist etwas völlig anderes. Es ist eine Offenbarung! Warum in Gottes Namen habe ich davor nichts davon bemerkt? Warum habe ich nur einen Typen um den anderen unglücklich gemacht? Es hätte mir doch irgendwann mal aufgehen können, dass ich auf Frauen stehe!

Kristiina fühlte sich wie betäubt, als sie die Tram betrat und sich einen ruhigen Platz suchte. Vielleicht wären Tuulas Notfalltropfen jetzt ganz passend gewesen, dachte sie mit einem Anflug von Sarkasmus. Aber die standen zu Hause auf dem Badezimmerschränkchen.

Auf der Fahrt nach Hause hatte sie Grace' Gesicht vor Augen und prompt bekam sie wieder Herzklopfen davon. Es war so ein mächtiges Gefühl! Intensiver als alles, was sie je bei Männern empfunden hatte. Es konnte nicht nur eine Phase sein, die vorüberging. Sie war in Grace verliebt und wollte mit ihr zusammen sein. So einfach war das!

Sie fuhr eine Haltestelle weiter, als Tuulas WhatsApp sie erreichte. Sie träfe in zirka zwei Stunden ein und fragte an, ob sie noch jemanden mitbringen durfte. Aha. Deshalb also die Verspätung. Sie hatte im Zug jemanden kennengelernt. Typisch Tuula. Kristiina schrieb zurück, dass sie gerne auch jemanden mitbringen durfte, sie hatte ja eine Wohnung für sich.

Kristiina eilte durch die Markthalle, kaufte dies und das und von allem zu viel. Aber nach den letzten Tagen nur in der Klinik überkam sie die Lust nach frischen und ausgefallenen Lebensmitteln. Außerdem wollte sie Grace etwas ganz Besonderes anbieten, wenn sie wirklich vorbeikommen würde. Sie kaufte einige Packungen des traditionellen runden Roggenbrotes, dazu geräucherten Lachs mit Pfefferkörnern in feine Scheiben geschnitten, dazu drei unterschiedliche Salate. Einen mit Rote Beete, ein anderer mit Gurke und Mayonnaise und einen gemischten süß-sauren Salat. Und da gab es Lohilaatikko, ein

Auflauf mit Kartoffeln und Lachs. Da konnte sie unmöglich widerstehen und nahm für sich und Grace eine der recycelbaren Schalen mit. Als Letztes erstand sie bei Alko noch eine Flasche Sekt, überlegte es sich an der Kasse anders und nahm noch eine zweite Flasche mit, für Tuula und ihre neue Bekanntschaft. Denen sollte es schließlich auch an nichts fehlen.

Zu Hause angekommen, schob sie den Auflauf in die Mikrowelle, stellte sie schon auf drei Minuten ein. Sie müsste nachher nur noch auf den *Start* Knopf drücken. Die Salate füllte sie in kleine Glasschälchen, das Brot in ein aus Birkenrinde geflochtenes Körbchen. Sie wählte für Grace und sich die schönsten Weingläser, das beste Porzellan, das Silberbesteck aus dem Wohnzimmerbuffet. Zusammen mit dem handgewobenen Tischläufer, den sie am liebsten auf ihrem Tisch liegen hatte, entstand eine rustikale Eleganz. Die unterstrich sie noch mit einer einzelnen Blume – die einzig überlebende aus dem Strauß von letzter Woche.

Es gefiel ihr so gut, dass sie auch Tuula drüben in der kleinen Gästewohnung ein ähnliches Arrangement auf dem Tisch zurecht machte. Ein grober Tischläufer, eine Flasche Sekt, eine Portion Lachs mit etwas Salat und eine Packung Roggenbrot. Auch das sah schon ganz liebevoll aus und hieß ihre Gäste herzlich willkommen. Brauchten sie sonst noch etwas? Sie sah sich um. Alles war tipptopp. Handtücher hingen im Bad, Geschirrtücher und Spültücher lagen genügend in der Schublade der Küchenzeile. Im Bad fanden sich Seife, Shampoo und Hygieneartikel. Es gab sogar einen Fön, wenn auch einen, den sie vor Jahren ausrangiert hatte. Wie das eben so war, alles, was man nicht mehr brauchte, aber nicht wegwerfen wollte, wanderte hierher.

Tuula würde sich hier wohlfühlen, und ihr neuer Bekannter sicher auch.

Es klingelte.

Kristiina sah auf die Uhr. Für Tuula war es noch zu früh. Das konnte nur eines heißen – Grace stand vor der Tür! Augenblicklich rutschte ihr das Herz in die Hose. Mit vor Aufregung zitternden Händen drückte sie den Türöffner, lauschte den Schritten, die sich näherten. Die Person ging rasch und hatte einen leichten Schritt. Es war auf keinen Fall Tuula. Kristiina ging ihr ein paar Schritte Richtung Treppe entgegen, spähte hinab. Da erschien Grace, und sie hielt einen Blumenstrauß in den Händen. Rote Rosen.

»Hei!«, sagte Grace. Sie lächelte halb verlegen, halb glücklich und hielt ihr den Strauß entgegen, als sie ihr gegenüberstand. »Für dich.«

Kristiina verschlug es die Sprache. »Danke«, brachte sie nur über die Lippen.

Grace, ermutigt durch ihre Reaktion, schob hinterher: »Für die Frau, die mich vom ersten Augenblick an verzaubert hat.«

Kristiina fühlte Tränen in sich aufsteigen vor Glück und Erleichterung, und wunderte sich selbst darüber. Sicher haben Männer ihr schon Ähnliches gesagt, aber das hatte bei Weitem nicht dieselbe Wirkung. Sie nahm den Strauß entgegen, schlang den freien Arm um Grace.

»Danke«, hauchte sie und musste schlucken.

»Komm rein«, befahl sie, als sie sich ihrer festen Stimme wieder sicher war, und schob sie vor sich her. Sie selbst folgte erst, nachdem sie ihre Nase andächtig in den Strauß gesteckt und den Rosenduft inhaliert hatte.

Es war nur ein kurzer Moment, doch er reichte aus, dass Grace die falsche Richtung einschlug und durch die Tür der Gästewohnung trat.

»Nicht hier, andere Seite«, intervenierte Kristiina noch, da gab Grace schon einen Ausruf des Entzückens von sich.

»Oh Gott, wie süß! Was hast du für eine supersüße Wohnung!« Sie drehte sich begeistert zu ihr um.

»Äh, das ist nur …«, nahm Kristiina einen zweiten Anlauf, doch ihre Worte gingen unter.

Grace lachte laut und herzlich auf. »Soll ich dir mal was gestehen? Ich hatte verdammt Angst, du gehörst zu diesen stinkreichen schwedenstämmigen Familien, die in der Aleksanderinkatu wohnen. Diese Bonzen, du weißt schon! Ist das nicht lustig?« Grace lachte wieder, schien total erleichtert und Kristiina blieb jedes weitere Wort im Hals stecken.

Sie versuchte, sich nichts anmerken zu lassen, tat so, als seien sie hier völlig richtig. *Erst mal die Blumen ins Wasser stellen!* Es gab hier irgendwo eine Vase. Ein Geschenk ihrer Tante. Die passte nicht zu ihrem sonstigen Design, deshalb hatte sie sie hier deponiert. Jetzt holte sie sie aus dem Schrank, füllte sie mit Wasser, drapierte die Blumen hinein. Es sah großartig aus!

Grace hatte in der Zwischenzeit ihre Jacke ausgezogen und an den Haken gehängt. »Mein Gott, ist es hier gemütlich!«, seufzte sie auf. Ihr Blick blieb an der Flasche Sekt hängen. »Oh, für uns?«, fragte sie.

»Ich habe sie eben erst gekauft«, entschuldigte sich Kristiina. »Und vergessen, sie in den Kühli zu stellen.« Rasch holte sie es nach. Mit Wehmut dachte sie an die andere Flasche Sekt, die drüben im Kühlschrank stand. Sie dachte auch an den Auflauf in der Mikrowelle und den gedeckten Tisch.

Grace erkannte die Verpackung der Lebensmittel. »Wow! Aus der Kauppahalli! Du warst extra in der Markthalle?«

Nicht nur. Aber sie traute sich nun nicht mehr, auch nur ein Wort darüber zu verlieren. Waren sie und ihre Eltern tatsächlich Bonzen? »Kein Thema«, sagte sie also nur.

Grace blickte sich aufmerksam um.

»Wenn du möchtest, zeige ich dir mein kleines Nest erst mal«, schlug Kristiina vor.

»Oh ja, sehr gerne!«

Kristiina wies nach rechts zu einem kleinen Flur. »Hier ist das Badezimmer.«

Sie ging voraus, Grace folgte ihr. Das Bad war relativ groß, die Dusche ebenerdig. Über dem Waschbecken hing ein großer Spiegel, den sie drüben in der Sauna ausrangiert hatte. Hier passte er ganz gut zu dem ländlichen Stil. Grace gefiel es. Sie gingen zurück in den L-förmigen Raum, der Wohnzimmer und Küche zugleich war. Eigentlich war es nur eine Küchenzeile mit einer hölzernen Arbeitsplatte. Massiv, aber nichts Besonderes. Passend zu dem kleinen Tischchen für zwei Personen. Am Ende des Raums fand ein Sofa Platz, als Couchtisch diente eine schöne alte Weinkiste. Das Zimmer hatte etliche Fenster mit Querstreben, wie man sie früher eben hatte. Bei denkmalgeschützten Häusern wurde Wert darauf gelegt, genau solche bei Renovierungsarbeiten wieder einzubauen. Eine Glastür führte hinaus auf den Balkon in Richtung Innenhof. Hier war es ruhiger als bei ihr drüben. Sie schlief hier wirklich gerne nach ihren Nachtdiensten.

»Gott, das ist ja ein richtiger Park da unten«, hauchte Grace. Sie besah die alten Bäume, die jetzt kahl und grau erschienen.

»Im Sommer ist es hier wirklich schön.«

»Ich hätte nicht angenommen, dass dieses Haus so einen großen Garten im Innenhof hat.«

»Ja, das gefällt mir auch sehr«, sagte Kristiina. Sie drehte sich um und wies mit der Hand auf eine weiß gestrichene Holzlattenkonstruktion, die dem gemütlichen Doppelbett dahinter eine kuschelige Privatsphäre schuf. »Und das ist mein Schlafzimmer«, sagte sie lächelnd. Es war ihr nicht ganz ernst und eigentlich war es ihr etwas peinlich, aber Grace fand alles so großartig, dass sie sich bemühte, es mit ihren Augen zu sehen. Wenn man nicht wusste, wie sie sonst lebte, war es wahrscheinlich wirklich ganz süß hier.

Ihr kleiner Rundgang war zu Ende, mehr gab es nicht zu sehen, wenn man den Kellerraum und den Stellplatz fürs Auto großzügig unterschlug. »Möchtest du ein Wasser?«, fragte sie.

»Gerne.«

Kristiina füllte eine Kanne mit Wasser, stellte sie auf den Tisch, dazu zwei Gläser, Teller und Besteck. Für das Brot gab es auch hier einen Brotkorb, und ein Toaster stand auf der Arbeitsplatte.

Grace nahm einen tiefen Schluck. Ihr Blick wurde von einem Blumentopf angezogen, in dem ein Efeu wuchs. Kristiina hatte den Topf früher einmal an die oberste Latte gehängt, mittlerweile wuchs es in Mäandern die Latten entlang und reichte beinahe bis auf die groben Holzdielen. Ein handgewobener Wollteppich lag davor. »Genauso hätte ich es mir auch eingerichtet. Es gefällt mir total!« Grace sah sie verwundert und entzückt zugleich an.

Kristiina schickte in Gedanken ein Dankgebet gen Himmel und war mit der Situation völlig zufrieden.

»Du hast mich geküsst«, sagte Grace, als wäre es ihr gerade eben wieder eingefallen. »Und mir war, als wolltest du mir irgendetwas dazu sagen.« Sie lächelte, als sie auf die Antwort wartete.

»Ja. Äh ...« Kristiina suchte nach Worten. Wo sollte sie beginnen?

Grace übernahm den Einstieg, erzählte aus ihrer Sicht. »Den ganzen Tag hab ich darüber nachgegrübelt, was mit dir los ist, was ich falsch gemacht habe. Klar, ich hab verschlafen, aber deswegen ...«

Und Kristiina nahm ihren ganzen Mut zusammen. Warum war es so verdammt schwer, jemandem ein Geständnis zu machen? »Ich musste deinen Anblick verarbeiten. Es ist mir nicht ganz leichtgefallen.«

Grace zog beide Augenbrauen hoch, offenbar verstand sie nicht, worauf sie hinauswollte.

»Als ich dich geweckt hatte«, half Kristiina ihrer Erinnerung auf die Sprünge. »Ich hätte nicht gedacht, dass mich der Anblick einer Frau im Bett so durcheinanderbringen könnte.«

»Hat es das?« Grace sah gleichzeitig amüsiert und mitfühlend aus.

»Ich war völlig verwirrt. Entschuldige.«

»Verwirrt«, wiederholte Grace. »Das ist ja weit mehr, als ich zu hoffen gewagt hätte.«

Ihre Blicke tauchten ineinander und Grace grinste. »Bis der Sekt kalt ist, könnten wir doch dort weitermachen, wo wir aufgehört haben.«

Das flaue Gefühl in Kristiinas Magen wuchs ganz plötzlich zu einem schweren Kloß.

Achtzehn

Kristiina schloss den Kühlschrank und drehte sich um.

Grace war dicht hinter sie getreten. »Glaubst du an Liebe auf den ersten Blick?«

Beide Frauen sahen sich an. Das Bild von Grace' Lippen prägte Kristiinas Sichtfeld. »Dein Anblick hat mich von Anfang an umgehauen. Für einen Moment konnte ich nichts mehr tun, außer dich anzustarren«, sagte sie geradeheraus.

Kristiina nahm das Kompliment kaum wahr. Dass Grace noch redete, erschien ihr wie ein Rettungsanker. Ihre Sinne würden versagen, sobald Grace' Lippen sie berührten. Sie wusste es.

»Echt?«, antwortete sie so unbeschwert wie möglich. »Und ich dachte schon, du verstehst mich nicht, und war drauf und dran meine Frage auf Englisch zu wiederholen.«

Grace zog die Augenbrauen hoch. »Für die afrikanische Praktikantin.«

Kristiina stritt es nicht ab. Sie hatte es bereits einmal zugegeben und würde es jetzt gerne vergessen.

»Voll witzig, es ist dir immer noch peinlich.« Grace lachte wieder, bog den Kopf dabei etwas nach hinten. Kristiina sah weiße Zähne. Einen Mund, der sie magisch anzog.

Grace kam wieder näher. Kristiina fühlte ihren Atem an ihrem Hals. Unwillkürlich stellten sich alle Härchen ihres Körpers auf. Sie holte Luft, um den Schwindel zu bekämpfen, da hatte Grace die letzten Zentimeter zwischen ihnen schon überwunden. Lippen berührten ihren Mund. Kristiinas Hände suchten Halt. Sie schlang die Arme um Grace' Hals. Jetzt wusste sie mit letzter Gewissheit, warum Liebende das taten. Es war die einzige Chance, nicht umzukippen oder in die Knie zu sacken. Sie küssten sich und Kristiina hätte ertrinken können in diesem Mund, sie hätte ihn nicht mehr hergegeben.

Grace' Nähe war so erregend! Ihre Hände lagen warm auf ihrer Taille. Hände, von denen sie auf Anhieb mehr wollte und die ihr das Gefühl gaben, zu einem Ganzen zusammenzuschmelzen.

Da standen sie, eng umschlungen und küssten sich. Grace hauchte irgendwann: »Hey, wie wäre es, wenn du mich in dein Bett einlädtst? Es sieht superbequem aus.« Sie grinste auf eine Art, die Kristiina äußerst gefiel.

»Klar. Äh, wenn du möchtest ...«, stammelte sie.

Es waren nur wenige Meter. Wie praktisch. So eine kleine Wohnung war eine richtige Verführungshöhle. Sie sanken nieder und Kristiina befand es als den einzig richtigen Ort, wenn man mit aller Intensität eine Frau küssen wollte. Sie seufzte auf, als ihr Blick in die tiefdunklen Augen eintauchte. »Grace«, murmelte sie verwundert.

Grace' Hände fuhren zärtlich in ihr Haar. »Seit ich dich gesehen habe, habe ich den Wunsch, deine Haare zu berühren«, gestand sie.

Kristiina blinzelte, fixierte sie nur mit Mühe. »Hey! Das ist mein Text!«

Beide Frauen lachten auf.

»Echt«, hauchte Grace. »Ich wollte es in dem Augenblick, als ich dich gesehen habe.« Wie um ihrem Geständnis Nachdruck zu verleihen, zog sie sie an sich und küsste sie. Ihr Mund öffnete sich und ihre Zungen fanden zueinander. Blitze durchfuhren Kristiinas Unterleib, schlugen in eine ganz empfindliche Stelle ein, die bisher ein eher unauffälliges Dasein geführt hatte.

Ehe sie dieses neue Gefühl verarbeiten konnte, klingelte es schrill an der Haustür.

Tuula!, rief sie sich ins Gedächtnis und machte sich benommen frei. *Oh Gott! Jetzt habe ich ein Problem!* »Sorry! ich muss kurz …« Sie redete nicht zu Ende, sondern rappelte sich auf, trat zur Tür und drückte auf den Summer, der die untere Haustür öffnete. »Bin gleich wieder da!« Rasch schnappte sie sich ihren Schlüsselbund, trat hinaus auf den Hausflur und ging Tuula im Treppenhaus entgegen, damit Grace ihre Stimmen gewiss nicht mehr hören konnte.

»Tuula!«, rief sie erfreut aus, als sie die korpulente, rothaarige Frau wahrnahm, die sich etwas mühsam in den dritten Stock hochgekämpfte. Tuula war Köchin in einem Hotel in Lappland und bekennende Nicht-Sportlerin. Für eine Finnin untypisch hatte sie dazu noch mit Natur wenig im Sinn und Schwimmen mochte sie auch nicht. Manchmal fragte Kristiina sich tatsächlich, ob sie wirklich Finnin war.

»Hei, hei!«, keuchte Tuula nach einem Blick nach oben. An ihrer Seite ging ein bärtiger, schwarzhaariger Mann. Sie schienen im Umgang miteinander bereits recht vertraut zu sein.

»Das ist Wladislaw«, stellte Tuula ihren Begleiter vor, noch bevor sie Kristiina ganz erreicht hatte.

Kristiina stutze noch in der Bewegung, als sie die Arme schon zur Begrüßung ausgebreitet hatte.

»Wladislaw ist Russe. Aber jetzt ist er nach Finnland gekommen«, sagte Tuula.

Kristiina wusste nicht recht, wie sie reagieren sollte. Das war wieder typisch Tuula! Irgendwie steckte sie immer mittendrin. Nutzte er ihre Gutmütigkeit aus?

»Wladislaw möchte seine Familie hierherholen. In seine Sommerhütte«, beeilte Tullaa sich zu sagen.

Warum tut er das dann nicht? Was macht er hier?, dachte sich Kristiina mit einem Blick auf ihn. Sie machte keinen Hehl daraus, dass sie ihm nicht über den Weg traute.

»Hei!«, grüßte Wladislaw sie. »Morgen«, fuhr er in brüchigem Finnisch fort. »Morgen holen Familie.«

Tuula und er wechselten ein paar Sätze auf Russisch. Kristiina verstand nichts davon. Sie hatte damals in der Oberstufe lieber Englisch und Deutsch gewählt.

»Es tut ihm sehr leid, das mit dem Krieg und alles. Er weiß, dass er in Finnland nicht gerne gesehen ist. Aber er hat hier eine Sommerhütte und er möchte seine Schwester samt Familie darin unterbringen. Das ist kein großer Luxus, aber immer noch besser, als Raketenangriffe auszuhalten.«

»Er hat eine Schwester in der Ukraine?«, fragte Kristiina.

»Das haben viele! Was glaubst du denn?«, begehrte Tuula auf.

Vielleicht konnte man ihm das abnehmen. Da fiel ihr das Wichtigste wieder ein. »Ihr könnt leider nicht in die kleine Wohnung.«

»Nicht?«, fragte Tuula und sah aus, als hätte sie bereits mit einer Absage gerechnet. Sie warf Wladislaw einen Blick zu, als müssten sie jetzt beide tapfer sein.

»Nein, nein«, erklärte Kristiina rasch. »Ich wollte nur sagen, ihr müsst in die große Wohnung. Die kleine belege ich gerade.«

»In deine?«, wiederholte Tuula und riss die Augen auf.

»Ja, mir ist die kleine lieber, weil sie ruhiger ist. Ich habe drei Nächte Bereitschaft hinter mir und möchte gerne ausschlafen.« Eine Notlüge, die ihr ganz leicht über die Lippen kam.

Tuula schien mit der neuen Lage etwas überfordert zu sein. Aber, als sie begriff, was es für sie beide bedeutete, lächelte sie.

»Natürlich könnt ihr Sauna und Whirlpool benutzen. Du kennst dich ja aus.« Sie hatten schon öfter zusammen in der Sauna gesessen. Allein machte Kristiina sich die Mühe nicht. Wenn sie allein war, ging sie lieber zum Strand. Saunieren war immer etwas Geselliges. Noch etwas fiel Kristiina ein. »Der Tisch ist übrigens gedeckt. Auflauf ist in der Mikrowelle. Stell sie auf drei Minuten, das dürfte reichen. Sekt ist im Kühlschrank. Die Betten musst du dir frisch beziehen. Ich weiß jetzt nicht, wie viele Schlafzimmer ihr benutzt und welches oder wie viele Betten ihr braucht.« Sie tauschte einen ganz direkten Blick mit ihrer Freundin. »Nimm dir frische Wäsche aus dem Schrank, die Dreckwäsche kannst du im Bad in die Truhe werfen. Kommst du klar?«

»Ich denke schon.«

»Gut. Schaut euch einfach um, ihr werdet schon alles finden. Und noch was: Sei so gut und klingelt nicht bei mir. Ich möchte auspennen. Schickt mir eine Textnachricht, wenn was sein sollte.«

Tuula würde ihren Wunsch respektieren und das sollte ausreichen, dass Grace und sie sich nicht über den Weg liefen. Denn sonst würde sie auffliegen. Sie schloss ihnen auf, trat ein, holte aus der Kommode einen Zweitschlüssel für die Wohnung, den sie Tuula in die Hand drückte. »Hier, dein Schlüssel.«

»Möchtest du nicht mit uns essen? Ich meine, wenn du dir jetzt schon die ganze Mühe gemacht hast, kannst du doch …«

»Ich hau mich aufs Ohr! Ich bin zu müde. Schönen Abend euch beiden!«

»Äh, danke«, antwortete Tuula und übersetzte für Wladislaw das, was sie gerade gesagt hatte. Sie bekam seine Reaktion nicht mehr mit, denn sie trat schon über die Schwelle. »Moi, moi!«, sagte sie noch über die Schulter zum Abschied und zog die Tür hinter sich zu.

Neunzehn

ZUFRIEDEN LIESS sie das Schloss der Wohnungstür zuschnappen und atmete tief durch. Das hatte ja wunderbar geklappt. Sie gratulierte sich selbst, wie glaubwürdig sie rübergekommen war. Beinahe hatte sie ein schlechtes Gewissen. Tuula musste nun glauben, sie habe alles aus reiner Fürsorge für sie beide hergerichtet. Irgendwann würde sie ihr die Wahrheit sagen.

»Was war denn?«, hörte sie Grace fragen.

»Ach, nichts Besonderes. Nur meine Nachbarin von nebenan. Sie hat ihren Schlüssel vergessen und ich habe ihr aufgemacht.« Sie hatte noch nicht einmal das Gefühl, Grace damit zu betrügen. Sie würde es ihr erklären. Irgendwann, wenn die Zeit dazu gekommen war.

Sie ging in Richtung Bett und sah Grace' Kleider über der Stuhllehne hängen. Ein rascher Blick bestätigte, dass sie nackt in ihrem Bett lag, die Decke bis über die Brust gezogen.

»Ich dachte, das ist okay, oder?« Grace lächelte.

Kristiinas Knie wurden zu Pudding. »Ja«, sagte sie, unfähig den Blick von ihr abzuwenden und unfähig sich zu bewegen.

»Kommst du?«, fragte Grace. Sie wartete ihre Antwort nicht ab, sondern stand auf, trat zu ihr, nackt wie sie war. Mit betörender Langsamkeit begann sie sie auszuziehen. Kristiina hätte nicht geglaubt, dass es so erregend sein könnte, wenn eine Frau ihr die Bluse aufknöpfte. Ihr Atem ließ sich immer weniger kontrollieren, je mehr Knöpfe Grace öffnete. Sie starrte auf Grace' Busen, während sich ihr eigener Atem beschleunigte. Das waren sie wieder – Grace' atemberaubende Brüste.

Alles an ihr war so verlockend! Zaghaft streckte sie ihre Hände nach ihr aus. Ihr Herz hämmerte, während Grace jeden Zentimeter Haut, den sie bei ihr freilegte, zärtlich begrüßte. Kristiina musste ihre ganze Selbstbeherrschung aufbringen, um jetzt nicht zu zittern.

Als das letzte Kleidungsstück gefallen war und Grace sich an sie schmiegte, wurde alles in ihr weich. Jetzt gab sie ihren Händen die Erlaubnis, über Grace' Haut zu streicheln. Zarte Haut. Und doch fühlte sich ihr Körper fest und kraftvoll an. Wie sie vermutete hatte, Grace war muskulös.

Eine Frau, hämmerte es in ihrem Kopf. *Eine Frau!* Zärtlich kämmten ihre Finger durch ihr Haar. Es fühlte sich fein und weich an. Ihre Lippen fanden zu ihrem Hals, küssten sich hinab zu ihrem Schlüsselbein bis zu der zarten Haut ihres Dekolletés. Grace atmete tief.

»Kristiina«, hauchte sie und zog sie mit aufs Bett, legte sich halb auf sie. Trotz des erotisch aufgeladenen Moments hatte es etwas Beschützendes und Beruhigendes. Kristiina schlang wieder die Arme um ihren Hals. Sie hatte nicht vor, sie jemals wieder freizugeben.

Grace strich mit der Hand über ihren Bauch. Sie atmete jetzt tiefer als vorhin. Kristiina bemerkte erst jetzt, wie erregt sie war.

Sie musste gar nichts anbieten, ging ihr auf. Alles geschah von selbst. Sie durfte berühren und berührt werden, durfte zärtlich sein und sich auf das Abenteuer einlassen. Sie war froh darüber, dass es in ihren vier Wänden geschah, und nicht in der Klinik, im Bereitschaftszimmer.

Grace' Hände entdeckten ihren Körper, weckten eine Hingabe in ihr, die ihr bis dahin unbekannt war. Sie hörte sich selbst aufstöhnen. Es war okay. Niemand konnte sie hören. Niemand störte. Kein Patient. Kein Telefon.

Und Grace machte weiter.

Sex mit einer Frau war anders. Kristiina erschien er viel weniger zielgerichtet, zärtlicher und kreativer. Und ihre Hände hoben sie auf ein Level der Lust, das ihr bisher unbekannt war. Erst ganz zum Schluss, als Kristiina es kaum mehr aushielt, wurden Grace' Finger konkret. Der Höhepunkt war eine Offenbarung. Sie hatte nicht gewusst, wozu ihr Körper fähig war. Ja, der Sex mit Grace gehörte in eine andere Kategorie!

Ob Tuula und Wladislaw nebenan vielleicht gerade dasselbe tun?, fragte sie sich. In ihrer Wohnung, nachdem sie gegessen und sauniert hatten. Ein Gedanke, der sie erfreute. Sie selbst fühlte sich endlos reich beschenkt.

Als sie so nebeneinanderlagen, flüsterte Grace: »Ich glaube, der Sekt ist jetzt kalt.« Ihr Blick war klar, ihre Züge entspannt, das Haar völlig verwuschelt und auf der Nase waren kleine Schweißtröpfchen auszumachen. Kein Anblick könnte schöner sein.

Kristiina hatte die Flasche völlig vergessen. Sie stand auf, holte sie aus dem Kühlschrank, nahm zwei Sektgläser und füllte sie. »Im Bett?«, vergewisserte sie sich.

»Natürlich!« Grace lächelte. Sie ließ sie nicht aus den Augen.

»Scharf!«, sagte sie jetzt. »Du siehst verdammt scharf aus.«

Kristiina dachte sofort an Erik. Es war kaum ein Tag vergangen, an dem er ihr nicht ein Kompliment gemacht hatte. Ihn hatte sie deswegen nur belächelt. Etwas Ähnliches aus Grace' Mund zu hören, war etwas völlig anderes und löste ein prickelndes Gefühl in ihr aus.

»Sag das noch mal! Es macht irgendwas mit mir«, antwortete sie grinsend, überwand die wenigen Schritte bis zum Bett und reichte Grace ein Glas. »Auf uns!« Sie stieß mit ihr an. Dann setzte sie das Glas an die Lippen und trank es in einem Zug aus.

Grace zog beide Augenbrauen hoch. »Auf uns!«, wiederholte sie und leerte ebenfalls ihr Glas auf ex. Der folgende lange Kuss schmeckte nach gutem Sekt und verlangte nach mehr. In mancherlei Hinsicht. »Holst du uns Nachschub?«

»Aber nur mit Lachs, Roggenbrot und Salat! Hast du keinen Hunger?«, fragte Kristiina.

Doch, hatte sie, und wie!

Also brachte Kristiina nicht nur zwei weitere volle Gläser, sondern auch zwei voll beladene Teller. Sie erinnerte sich nicht daran, jemals im Bett gegessen zu haben, außer als sie krank gewesen war. Aber es machte Spaß, so zu zweit.

Als sie satt waren und die Flasche geleert, gingen sie ins Badezimmer, duschten, gingen wieder ins Bett.

»Du bleibst über Nacht, ja?«, drängte Kristiina. »Es ist alles hier, was du brauchst.« Sie wusste, Zahnbürsten gab es hier für Übernachtungsgäste. Und im Schrank musste noch etwas Unterwäsche sein. Wichtig war nur, dass Grace nicht bemerkte, wie leer ihre Schränke insgesamt waren.

»Na, dann«, lachte Grace und rollte sich auf sie. Ihre Lippen fanden sich wieder.

»Wir haben noch die ganze Nacht Zeit«, flüsterte Kristiina bei einer Atempause.

»Haben wir«, bestätigte Grace, die ihr im weiteren Verlauf der Nacht eine Nachhilfestunde in Sachen lesbischer Liebe gab.

Es fühlte sich sehr schöpferisch an, eine Frau bis zum Orgasmus zu bringen. Es erregte sie selbst beinahe bis zum Höhepunkt. Sex war auf einmal so unbeschwert.

In der Mitte der Nacht schliefen sie ein, als sie jegliches Zeitgefühl verloren hatten. Niemand klingelte. Niemand klopfte.

Zwanzig

ALS SIE ERWACHTE, war es längst hell. Grace lag auf der Seite, das Gesicht ihr zugewandt. Sie schlief fest, atmete ruhig. Ein Bein lag über ihrem, der Arm war immer noch um Kristiinas Taille geschlungen. In dieser Haltung hatten sie tatsächlich ein paar Stunden geschlafen. Kristiina betrachtete sie. Ihre Augenbrauen hatten einen schönen Schwung, und ihr Gesicht war nicht von einheitlicher Färbung. Es gab hellere und dunklere Stellen, so wie es in ihrem Gesicht rötlichere Stellen gab.

Vorsichtig versuchte sie, sich frei zu machen.

Es gelang ihr, ohne sie zu wecken. Grace hatte einen tiefen Schlaf. *Vielleicht lernt man das, wenn man in einer WG wohnt*, dachte sich Kristiina und lächelte verstohlen. Sie stand vorsichtig auf, ging zur Toilette und sah auf ihr Handy. Schon fast elf Uhr.

Sie befüllte die Kaffeemaschine, drückte auf *Start* und stellte sich unter die Dusche, putzte die Zähne. Anders wollte sie Grace nicht unter die Augen treten.

Als sie ins Zimmer zurückkehrte, mit tropfnassem Haar, räkelte sich Grace im Bett.

Kristiina trat zu ihr. »Guten Morgen meine Schöne. Hast du gut geschlafen?« Sie beugte sich zu ihr und küsste sie. Grace roch gut. Nach der Hingabe und Zärtlichkeit der letzten Nacht.

Kristiinas Hand fand den Weg unter die Decke, strich über Grace' bettwarmen Bauch. »Du fühlst dich so gut an«, raunte sie. Grace schlang die Arme um sie, zog sie zu sich ins Bett.

»Nein, nein. Warte. Lass mich zwei Tassen Kaffee holen, dann kuschele ich mich wieder zu dir, okay? Ich brauche jetzt dringend einen Schuss Koffein.«

Grace ließ sie gehen, wenn auch nur grummelnd.

Vorsichtig schlürfte Kristiina wenig später an ihrer übervollen Tasse, und auch Grace versuchte sich in eine Position zu bringen, in der ein Trinken möglich war.

»Ich möchte mit dir in den Linnanmäki gehen. Seit gestern hat er wieder offen«, sagte Kristiina spontan. Sie wollte mit Grace raus, wollte allen zeigen, welch wunderbare Frau an ihrer Seite ging. Sie wollte mit ihr Hand in Hand durch Helsinki gehen, für alle sichtbar als Frauenpaar. Wie würde sich das anfühlen?

»In den Freizeitpark?«, vergewisserte sich Grace, ob sie wirklich richtig gehört hatte.

»Ja, komm! Ich lad dich ein. Ich möchte mit dir Zuckerwatte essen und Achterbahn fahren.«

Grace lachte auf. »Dort war ich seit meiner Kindheit nicht mehr! Das letzte Mal mit meinen Eltern, da war ich noch in der Grundschule.«

»Dann wird es mal wieder Zeit. Du wirst staunen, was sich alles verändert hat. Komm, stell dich rasch unter die Dusche, dann gehen wir los.« Ganz nebenbei würde diese Aktion sie retten. Wenn sie jetzt gingen, könnte sie gut verbergen, dass es hier keinerlei Lebensmittel gab, um ein Frühstück zu improvisieren.

»Ich muss um fünf zu Hause sein. Wir haben heute Probe«, gab Grace zu bedenken. Sie führte einen kurzen inneren Kampf. »Die kann ich nicht ausfallen lassen. Die anderen lynchen mich.«

»Schon gut. Das reicht locker. Länger als vier Stunden hält man es sowieso nicht aus. Komm, wir essen im Linnanmäki.

Unser erster gemeinsamer Morgen sollte mit Zuckerwatte beginnen.« Kristiina lächelte, und auch Grace sah so aus, als könnte sie diesem Gedanken etwas abgewinnen.

»Morgen ist gut«, kommentierte sie mit Blick auf die Uhr. Sie trank ihre Tasse aus, schlug die Decke zurück.

»Also los!«, sagte sie, und es klang wie ein Startschuss zum Hundert-Meter-Lauf.

»Oh, meine Haare!«, hörte Kristiina ihre Stimme wenig später durch die Badezimmertür.

»Was ist mit denen?«

»Hast du nichts anderes als diese Bürste?«

»Da müsste irgendwo noch ein grobzinkiger Kamm sein«, antwortete Kristiina. Sie kam zu ihr ins Bad. Dort dampfte es wie in der Sauna nach dem Aufguss.

Sie zog die Schublade auf. Da lag noch ein grobzinkiger Kamm. Eine Verwandte hatte ihn vergessen. Mit ihrer frischen Dauerwelle hatte sie damals nichts anderes als diesen Rechen verwendet, wie Kristiina ihn immer bezeichnet hatte. Grace war begeistert.

»Der ist super.« Sie brachte ihre Locken in Form. »Zu Hause habe ich ein Seidenkissen zum Schlafen. Dann trocknen meine Haare nicht so aus.«

»Durch was trocknen sie aus?«, fragte Kristiina.

»Durch Baumwolle- oder Schurwollkissenbezüge. Dann brauche ich immer so viel Öl, um sie wieder in Form zu bringen.«

Das hatte Kristiina nicht gewusst. Sie würde also demnächst einen Kissenbezug aus Seide besorgen. Am besten mehrere. Interessiert schaute sie zu, wie Grace sich die Haare anfeuchtete, den Haaransatz möglichst glatt kämmte und mithilfe eines Scrunchie-Haargummis einen Dutt auf ihrem Kopf machte. »So, fertig«, sagte sie und strahlte sie an.

Es gab keine schönere Frau auf der Welt. Noch dazu sah sie so lebensfroh und glücklich aus. Nirgendwo wären sie beide jetzt besser aufgehoben als im Linnanmäki.

Leise öffnete Kristiina, horchte, durch die Tür gegenüber hörte man nichts. Aber die war ja auch sehr massiv. Tuula und Wladislaw schliefen wahrscheinlich auch noch.

Kristiina fing erst wieder an zu reden, als sie im zweiten Stock waren. Sie war erleichtert darüber, niemandem begegnet zu sein. Sie würde sich heute Abend bei Tuula melden. Gewiss. Jetzt gehörte ihre Zeit nur Grace.

Mit der Tram fuhren sie nur etwas mehr als zwanzig Minuten. Zu Fuß gingen sie Hand in Hand den Anstieg empor bis zur Kasse. Es gab keine Schlange von Wartenden. Jeder durfte den Park betreten. Wer die Attraktionen fahren wollte, hatte die Wahl zwischen einzelnen Fahrten oder unbegrenzt vielen. Kristiina entschied sich für das Letztere und kaufte ein Armband in entsprechender Farbe. In vier Stunden sollten sie es schaffen, alles gefahren zu sein, was nur möglich war. Sie zahlte mit der Karte und zog Grace mit geradezu kindlicher Vorfreude mit sich hinein in den Park.

»Was machen wir zuerst?«, fragte sie, den Blick über das Gelände schweifend. »Riesenrad oder Achterbahn?«

»Zuckerwatte«, sagte Grace. »Ich glaube, das wurde mir schon versprochen.«

»Stimmt.« Den Arm um ihre Schultern gelegt, gingen sie zum Zuckerwattestand. »Kaks Hattara«, orderte Kristiina. Mit der Zuckerwatte in der Hand schlenderten sie weiter. Ganz in der Nähe gab es einen gemütlich aussehenden Kiosk, mit Tischen im Freien, umgeben von Heizpilzen. Da saßen welche und frühstückten. »Sieht aus, als wäre das was für uns«, sagte Grace.

Sie entschieden sich für ein deftiges Frühstück mit Rührei, Würstchen und Brötchen. Dazu noch mal Kaffee, Tee und Saft. Nach der Stärkung konnte es losgehen.

»Ich möchte zuerst ins Spiegelkabinett.« Grace hob den Zeigefinger wie in der Schule, wenn man sich zu Wort meldete. »Ich hab es zuerst gesagt.« Sie grinste.

»Gut, aber danach fahren wir mit der Holzachterbahn.«

Sie fuhren alles, auch mehrere Male. Ausgelassen wie Kinder. Kristiina konnte sich kaum mehr daran erinnern, jemals so unbeschwert gewesen zu sein. Sie waren in einer Blase des Glücks. Sie küsste Grace Eiscreme von den Lippen und flüsterte ihr zärtliche Worte ins Ohr. Sie hielten sich an den Händen, und es gab niemanden, der sich daran störte.

Die Holzachterbahn fuhren sie insgesamt fünfmal. Sie war so herrlich langsam und so urgemütlich, denn die ganze Konstruktion war vollständig aus Holz. Seit ihrer ersten Fahrt war sie ein begeisterter Fan. Hinter dem letzten Wagen stand immer noch ein Bremser. Dieser Job war der begehrteste Ferienjob, den man sich nur vorstellen konnte, und man setzte sich ein Denkmal, wenn man ihn in einem Jahr ergattert hatte. Für die moderneren Achterbahnen war das natürlich undenkbar. Sie waren schneller, kurviger und schraubten um die eigene Achse. Etwas, was Kristiina nur einmal aushielt, ohne dass ihr übel wurde. Vorsichtshalber verzichteten sie auch auf die drehenden Kaffeetassen und die Schiffschaukel.

Lieber irrten sie noch einmal durch das Spiegelkabinett, diesmal schon wesentlich geschickter als beim ersten Mal.

Dann war es plötzlich halb fünf. Höchste Zeit, um aufzubrechen. Schon jetzt würde Grace nicht mehr pünktlich sein.

»Kommst du nach der Probe noch zu mir?«, fragte Grace zum Abschied. So sehnsüchtig, dass Kristiina lachen musste.

»Ich glaube, das wird zu spät«, sagte sie vage. Sie musste unbedingt mit Tuula reden und konnte auch nicht sofort wieder verschwinden.

»Wir machen uns morgen einen ganz romantischen Sonntag, ja?«, beschwichtigte Kristiina. Vielleicht würden sie Seurassari besichtigen und über die Museumsinsel spazieren. Das wäre schön.

Sie küssten sich ein letztes Mal an diesem Tag, dann stieg Grace aus, winkte ihr nach, und Kristiina fuhr weiter. Die Blicke der anderen streiften sie, oder sie musterten sie ganz ungeniert.

Schaut mich nur an, dachte sich Kristiina. *Ja, ich liebe eine Frau. Die ganze Welt kann es wissen!*

Sie nahm ihr Handy zur Hand, checkte heute zum ersten Mal ihre eingegangenen Nachrichten. Tuula hatte nicht weniger als vier Textnachrichten geschrieben. Sie hatte sie gesucht, musste dringend mit ihr reden. Natürlich. Wladislaw war am Morgen schon nach Tallin aufgebrochen. Seine Schwester samt Kinder hatten es bis nach Estland geschafft und jetzt sucht er dort nach ihnen.

Kristiina seufzte auf. Ja, da gab es noch die Realität, die sie wieder mit all ihrer Brutalität überkam.

Einundzwanzig

Ich bin auf dem Weg. Bin in zwanzig Minuten da, tippte sie in ihr Handy und schickte die Nachricht auf den Weg.

Es dauerte nur ein paar Sekunden und Tuula antwortete: *Wo bist du? Ich freu mich auf dich!*

Alles war anders gelaufen, als Kristiina es sich vor ein paar Tagen noch geplant hatte. Tuula wollte einfach nur eine ganze Woche Urlaub machen, Freunde und Verwandte besuchen. Sicher hätten sie den ein oder anderen Abend zusammen verbracht. Nun war alles anders gekommen. Wie ging es jetzt weiter?

Mit einem leisen Seufzen musste sie zugeben, dass sie die Zeit im Linnanmäki gerne noch verlängert hätte. Es hat so gut getan, für einige Zeit wieder Kind zu sein und die Welt für einen Augenblick zu vergessen. Schon die Corona-Maßnahmen hatte sie als etwas Schlimmes empfunden, aber jetzt war auch noch Krieg! In diesem Jahrhundert, inmitten Europas.

Sie konnte es immer noch kaum glauben!

Nachdem sie die Stufen hochgestiegen war, läutete sie und öffnete mit ihrem eigenen Schlüssel die Tür zur großen Wohnung. »Hei!«, sagte sie.

Tuula fiel ihr sofort um den Hals. »Endlich! Ich hatte schon Angst, dir sei auch irgendetwas passiert. Die ganze Welt spielt verrückt, und du bist auch nicht da.«

»Tut mir leid. Bei mir geht es gerade etwas drunter und drüber.« Mehr sagte sie nicht. Es war ihr unmöglich zu verraten, von wo sie herkam. Sie streifte die Jacke ab, zog die Schuhe aus, ging in die Küche und nahm sich ein Glas Wasser.

»Du auch?«, fragte sie.

»Danke, aber ich hab mich schon für etwas anderes entschieden.« Tuula zeigte hinüber zum Tisch. Jetzt erst sah Kristiina das Glas Wein, das dort stand.

»Seit wann ist Wladislaw weg?«

»Seit heute Morgen. Er hat die erste Fähre nach Tallin genommen. Seine Schwester und ihre Familie sind irgendwo in Estland. Sobald er sie findet, kommt er mit allen hierher zurück«, wiederholte sie das, was sie ihr bereits geschrieben hatte. Es gab also keine neuen Nachrichten.

Kristiina nickte.

»Soll ich dir auch ein Glas einschenken?«, fragte Tuula, die ihr Weinglas auffüllte.

»Vielleicht später.«

Kristiina zog es vor, auf einen der Stressless-Sessel zu sitzen und die Beine hochzulegen, und so kam Tuula zu ihr und nahm auf dem zweiten Sessel Platz. Eine bequeme Körperhaltung für ein längeres Gespräch.

»Also, erzähl du zuerst. Wo hast du den Typen kennengelernt?«, begann Kristiina.

»Im Zug nach Helsinki.«

»Er hat dich einfach so angesprochen?«

»Nein, hat er nicht«, sagte Tuula trotzig, die sich wahrscheinlich denken konnte, auf was sie hinauswollte. »Im Gegenteil. Ich habe ihn angesprochen.«

Kristiina zog eine Augenbraue hoch.

Tuula sah ihr fest in die Augen, bevor sie weitersprach. »Er war verzweifelt, wollte es sich aber nicht anmerken lassen. Aber ich habe es sofort bemerkt.«

»Klar.« Es war nicht ironisch gemeint. Sie kannte ihre Freundin gut genug und Tuula hatte schon immer eine ausgeprägte Antenne für ihre Mitmenschen. »Und dann?«

»Hat er mir von seiner Familie erzählt. Von seiner Schwester, die in Charkiw lebt. Man hat ihr das Haus zerbombt und sie können froh sein, dass sie noch leben.« Wenn Tuula sich bis jetzt beherrscht hatte, gab sie es jetzt auf. Tränen stiegen ihr in die Augen. Sie wischte sie fort.

»Sie haben überlebt? Die ganze Familie?«

»Ja, auch das behinderte Kind seiner Schwester. Igor. Nur sein Rollstuhl ist kaputt. Den konnten sie so schnell nicht mit in den Keller nehmen. Und als sie hochkamen, lag das Haus in Trümmern. Kannst du dir das vorstellen? Sie haben alles verloren!«

Kristiina schwieg. Sie schämte sich dafür, Wladislaw misstraut zu haben. Sie schämte sich auch dafür, dass ihr eigenes Leben gerade so rosarot verlief, während andere starben. Sie schwiegen. Es war ein Unterschied,diese Bilder im Fernsehen zu sehen oder Schicksale von Betroffenen direkt mitzubekommen.

»Was hast du vor? Wie kannst du ihm helfen? Wirst du deinen ganzen Urlaub für ihn da sein?«, fragte sie.

»Das ist doch das Wenigste, was ich tun kann!«, empörte sich Tuula.

Kristiina wollte es nur in aller Deutlichkeit von ihr hören. »Du schläfst mit ihm?«, fragte sie unvermittelt.

Tuula sah für einen kurzen Moment beschämt weg. Es gab da jemand anderen, den sie in Lappland zurückgelassen hatte. Jonne. Seit gut zwei Jahren war sie mit dem Elektroinstallateur liiert, der in derselben Stadt wie sie wohnte. Aber offenbar war das für Tuula kein Hindernis gewesen.

Sie schien mit sich im Reinen zu sein, denn als sie sich wieder ansahen, war ihr Blick fest. »Ja. Wir sind ein Paar.

Wladislaw ist ein wunderbarer Mensch. Ich habe noch nie einen Mann kennengelernt, der sein Herz so auf dem rechten Fleck hat.«

Tja, dann ist ja alles gesagt.

Und noch etwas ging ihr auf: Dann war ja der Empfang, den sie ihnen geboten hatte, sehr passend gewesen. Sekt im Kühlschrank, das festliche Essen.

Tuula hegte denselben Gedanken. »Ich hab gedacht, ich träume, als ich den gedeckten Tisch gesehen hab. So voll romantisch. Ich lerne den Mann meines Lebens kennen und meine beste Freundin überrascht uns mit einem romantischen Candle-Light-Dinner. Woher hast du das gewusst?«

Auch wenn es für Kristiina verführerisch war, einfach zu behaupten, sie hätte hellseherische Fähigkeiten, blieb sie bei der Wahrheit.

»Es hat sich so ergeben«, sagte sie schlicht.

»Es tat so gut nach all den schrecklichen Erzählungen von Wladislaw.« Tuula schluchzte wieder auf.

Kristiina stand auf und nahm sie in die Arme. »Schön, dass ich euch etwas Gutes tun konnte«, sagte sie liebevoll und meinte es genau so. Sie musste nicht erklären, dass es nur ein verunglückter Zufall war. Manchmal lief es im Leben genau richtig, auch ohne großes Zutun.

»Meinst du, dass es eine höhere Bestimmung gibt, die unser Leben lenkt?«

»Ja.«

»Ich bin so froh, dass ich ihn getroffen habe«, heulte Tuula. »Ich bin so verliebt wie noch nie!«

»Ich auch«, murmelte Kristiina.

»Was?« Tuula schob sie von sich, sah ihr ins Gesicht. Tränen und Rotz liefen ihr übers Gesicht. Sie spürte es selbst, lies sie los, suchte nach einem Taschentuch. Fand eines, hielt es sich an die Nase und fragte noch, bevor sie sich schnäuzte. »Matti?«

Kristiinas Augen wurden schmal.

»Dein Freund heißt doch Matti, oder?« Tuula überlegte und sagte rasch: »Entschuldige. Erik meine ich doch. Oder habe ich einen verpasst?«

»Danke für dein Mitgefühl.«

»Ne, echt. Ich freu mich für dich. Dass du sagst, du bist verliebt wie noch nie, ist schon mal ein gutes Zeichen.« Sie lächelte verschmitzt. »Also, wie heißt er?«

»Grace.«

Tuula stutzte. »Grace?«

Kristiina nickte. Und mit dieser Information konnte sie jetzt tun und lassen, was sie wollte.

»Eine Frau«, sagte Tuula nach einiger Zeit, als hätte sie so lange gebraucht, *Grace* als weiblichen Vornamen auszumachen.

»Eine Frau«, wiederholte Kristiina und hielt ihrem Blick stand. Mehr brauchte sie ihrer Freundin doch nicht erklären, oder?

Tuula sah sie an, als müsste sie prüfen, ob man sie verulkte. Doch dann kam es: »Wow!« Eine Pause folgte. »Dafür gab es doch nie irgendein Anzeichen, oder täusche ich mich da?« So wie sie aussah, durchforstete sie ihre Erinnerung fieberhaft nach Vorkommnissen, die damals schon darauf hingedeutet hätten.

»Ich mach mir auch so meinen Kopf«, gestand Kristiina. »Ich weiß nicht, wie es dazu kommen konnte. Ich weiß nur: In ihrer Gegenwart bin ich glücklich.« Sie musste nicht zugeben, dass Grace sie noch dazu unheimlich anmachte. Es gab Dinge, die man auch einer Freundin vorenthalten durfte.

Tuula schüttelte den Kopf. »Läuft das Leben nicht merkwürdig?«, fragte sie bedächtig. »Mir begegnet die Liebe meines Lebens. Und dir auch. Und alles, während die Welt um uns herum auseinanderbricht.«

Es gab nichts, was man darauf hätte sagen können.

»Gibt es einen Gott?«, fragte Tuula.

Kristiina brauchte darauf nicht zu antworten. Tuula gab sich die Antwort selbst, indem sie bereits hinzufügte. »Wenn ich tot bin, werde ich mich als Erstes bei ihm beschweren.«

Kristiina nickte. Am liebsten mochte sie ihre Freundin, wenn sie sich über die Ungerechtigkeit in der Welt aufregte. Seit sie sie kannte, setzte sie sich dafür ein, die Welt zu einer besseren zu machen. Es gab kaum etwas, bei dem Tuula nicht mitmischte: Kirchenchor, Landfrauen, Besuchsdienst, Kindergottesdienst, Flüchtlingshilfe, Obdachlosenunterstützung. Die Liste ließe sich vermutlich noch fortsetzen. Tuula war ein Energiebündel, und es gab kaum einen freien Abend, an dem sie nicht an irgendeinem Treffen teilnahm. Und jetzt das. Ein Russe, der seiner Heimat den Rücken kehrte und seine Familie aus der Ukraine nach Finnland holen wollte. Eigentlich hatte sie nur darauf gewartet, bis auch sie in irgendeiner Form mitmischen würde.

»Dieser Teufel!« Tuula erbrach diese Worte aus dem Innersten ihrer Seele. »Er hat allen so viel Leid gebracht!«

Kristiina wusste sofort, wen sie meinte, und widersprach nicht.

»Erst haben sie alles zerbombt und dann auch noch ganz gezielt die Fluchtwege beschossen. Wladislaw hatte kaum mehr geglaubt, seine Schwester lebendig wiederzusehen.«

»Wie sind sie dann rausgekommen?«

»Über Russland. Diese Arschlöcher haben nur noch einen Fluchtkorridor offen gelassen – den nach Russland! Für ihre gute Presse. Damit das dumme Volk wirklich glaubt, Putin komme als Befreier. Das musst du dir mal vorstellen!«

»Und es ist ihnen gelungen, von Russland nach Estland zu kommen?«

»Ja, sie sind jetzt irgendwo dort. Wladislaw wird sie finden.«

»Wie haben sie das geschafft?«

»Frag mich nicht. Es gibt auch in Russland Menschen, die helfen, hat seine Schwester im letzten Telefonat gesagt. Nicht alle sind schlecht.« Sie schluchzte ganz plötzlich auf. »Nicht alle sind schlecht«, wiederholte sie. So, als dürfte sie es selbst nicht vergessen.

»Wann hat er dir das letzte Mal geschrieben?«

»Vor zwei Stunden. Er dankt mir für alles, was ich für ihn getan habe. Und dir natürlich auch«, fügte sie rasch hinzu. »Er ist so ein liebevoller, bescheidener und dankbarer Mensch.«

Vor allem ist er ein Bär von Mann, dachte sich Kristiina, als sie sich das Bild des Hünen mit dem schwarzen Vollbart ins Gedächtnis rief.

»Dann wirst du bald wieder von ihm hören«, sagte Kristiina. Die Überfahrt von Helsinki nach Tallin dauerte gute zwei Stunden, mehr nicht. Sicher suchte er seine Schwester schon längst.

»Er meldet sich, sobald er sie gefunden hat«, sagte Tuula.

»Und dann? Was geschieht, wenn alle hier sind? Wo ist seine Sommerhütte? Ist sie groß genug für alle?«

»Weiß ich nicht. Wichtig ist, dass sie in Sicherheit sind und wieder so etwas wie eigene vier Wände haben. Sie sind seit über zwei Wochen auf der Flucht. Und das mit einem behinderten Kind.«

»Was fehlt ihm?«

»Igor kann nicht laufen, ist Spastiker und hat immer wieder epileptische Anfälle.«

»Braucht er Medikamente?«

Tuula zuckte mit den Schultern. »Bleibst du bei mir heute Nacht?«, fragte sie. Sie wollte nicht allein auf seinen Anruf warten.

Es war gerade mal vierundzwanzig Stunden her, dass sie Grace dieselbe Frage gestellt hatte. In einem ganz anderen Zusammenhang. Ihr Herz zog sich zusammen.

»Klar«, sagte sie. »Wir warten, bis er sich meldet. Sollen wir uns was zum Essen machen? Hast du Hunger?«

»Zwei Gläser Wein sind auch ein Schnitzel, oder?«, sagte Tuula.

»Dann machen wir uns also noch eine Flasche auf, während wir warten.« Kristiina zog den Mund schief, stand auf und holte sich ein Glas.

Rasch tippte sie für Grace noch eine kurze Nachricht ins Handy, wünschte ihr eine erfolgreiche Probe und eine gute Nacht, sendete ihr einen küssenden Smiley und konnte das Gefühl nicht loswerden, dass alles um sie herum gerade im Zeitraffer passierte.

Zweiundzwanzig

Die erlösende Nachricht kam bereits eineinhalb Stunden später. Wladislaws Familie hatte in Tallin, in einer Notunterkunft nicht weit vom Gate entfernt, auf ihn gewartet. In einem Raum voller Feldbetten. Man hatte ihnen zu essen und zu trinken gegeben. Dafür waren sie den Esten unendlich dankbar. Wladislaw schrieb, er hätte bereits die Tickets für die Überfahrt nach Helsinki gekauft. Sie kämen morgen früh mit der ersten Fähre zurück.

»Ich fasse es nicht!«, sagte Tuula und schlug sich mit der flachen Hand an den Kopf. »So schnell! Sie kommen. Allesamt!«

Kristiina checkte mit dem Handy den Fahrplan der Fähre. »Die erste Fähre morgen früh«, wiederholte sie und schaute nach. »Das heißt, sie sind um Viertel nach neun da. Das ist doch mal ein Angebot.« Auch sie lächelte jetzt und goss Wein in die Gläser. »Wie geht es dann weiter?«

»Wladislaw wird sich ein Auto mieten und sie zu seiner Hütte bringen.«

»Wie weit ist die weg?«

»Weiß ich doch nicht«, wiederholte sie das, was sie ihr schon vorhin gesagt hatte.

»Und du? Fährst du mit?«

»Nein. So viel Platz wird im Auto wohl nicht sein. Er bringt sie hin, und bleibt mit ihnen dort. Vielleicht kommt er noch einmal für ein paar Stunden hierher zurück, und wir sehen uns noch mal. Mal sehen.« Es klang verzagt, wie sie es sagte.

»Und es gibt wirklich eine Fortsetzung mit euch beiden?«, vergewisserte sich Kristiina noch einmal. »Hat er das gesagt?«

»Natürlich, er hat es mir geschworen! Aber jetzt sind die Schwester und deren Kinder wichtiger.«

Kristiina nickte. Damit war alles besprochen. Vielleicht noch eines. Sie wollte schon fragen, ob ihr voriger Freund schon wusste, dass es jetzt einen anderen gab, unterließ es aber. Vielleicht war es besser, erst einmal abzuwarten. Ging das nicht alles viel zu schnell? Aber das mit Grace und ihr war ja auch schnell gegangen. Sie arbeiteten gerade mal drei Wochen zusammen.

Also unterhielten sie sich über das Alltägliche aus Tuulas Leben. Sie erzählte von ihrem Job, die Neuerungen ihres Hotels, die finanziellen Verluste durch die Corona-Krise, von ihren Eltern und allen, die Kristiina von ihren Urlauben her kannte. Es tat gut, Tuula in ihrer gewohnten Rolle zu erleben, und Kristiina erkannte erst jetzt ihre alte Freundin wieder.

Wie sehr sie sich nach Normalität sehnte! Nach einer friedlichen Zeit, in der sie sich über die üblichen Kleinigkeiten ärgern konnten.

»Wir sollten so langsam ins Bett gehen, wenn wir morgen früh raus wollen.«

»Gehst du denn mit zum Hafen?«, fragte Tuula. Ihr Tonfall verriet, dass sie es hoffte.

»Klar. Was sonst?«, sagte Kristiina also. Sie dachte an Grace, und daran, dass sie sich einen schönen gemeinsamen Sonntag machen wollten. Aber das reichte anschließend noch. Um zehn Uhr wäre sie längst wieder zu Hause beziehungsweise könnte in die nächste Tram in Richtung Seurasaari einsteigen.

Sie leerten die Flasche und gingen nacheinander ins Bad.

Kristiina legte sich ins Bett ihres früheren Kinderzimmers und Tuula zog sich ins Schlafzimmer zurück.

Kristiina hatte also recht behalten und die beiden hatten sich für das Doppelbett entschieden.

»Stellst du den Wecker?«, rief sie zu ihr hinüber. Da keine Antwort mehr kam, stellte sie den Weckmodus ihres Handys ein. Halb neun sollte reichen. Zum Hafen war es nur eine Viertelstunde zu Fuß.

Gespannt auf den morgigen Tag, schlief sie ein.

»Ist sie das?«, fragte Tuula am nächsten Morgen aufgeregt und zeigte auf das riesige Schiff im Hafen.

»Nein. Die wird ja schon wieder beladen. Die fährt bald los.« Kristiina beobachtete, wie ein Mann auf dem Hafengelände, das mehrere Fahrspuren für die Autos aufwies, eines nach dem anderen hineinwinkte, während der Ordner ein paar Meter entfernt weitere Anweisungen gab. »Das ist die zweite, die heute morgen nach Tallin ablegt.«

»Wladislaws Fähre kommt erst noch. Von der siehst du jetzt noch nichts.«

Tuula suchte angestrengt den Horizont ab. Vor zwei Stunden war die Sonne aufgegangen und es war so hell, dass man auch die kleinste Nussschale auf dem Wasser erkennen konnte, sofern man gute Augen hatte.

»Ich sehe noch nichts«, sagte Tuula enttäuscht.

»Warte noch. Nicht mehr lange. Und wenn man sie erspäht, sind sie auch ganz plötzlich da. Die sind schnell, diese riesigen Schiffe.«

Sie beobachteten, wie auch die letzten Autos an Bord gewunken wurden. Dann schloss sich die riesige Klappe. Bald darauf war der Hafen noch mehr vom Dieselgeruch erfüllt, als die Motoren hochfuhren und die Besatzung die Leinen löste.

Fernweh überkam sie jedes Mal, wenn sie es beobachtete. Das Ablegen eines Schiffes vom Kai, das Davonfahren aus dem

Hafengelände. Ihr schien es manchmal so, als hätte sie die Chance vertan, mit dabei zu sein.

»Da! Da hinten!«, rief Tuula aus. Ein Schiff erschien noch weit entfernt. Dieses hier würde gleich losfahren. Ob die Fähre aus Tallin genau hier anlegen würde?

Die überdimensionalen Schiffshörner hupten, als sie sich begegneten, und zehn Minuten später fuhr die Fähre mit gedrosselten Motoren ein, wurde gekonnt an ihren Anlegeplatz rangiert. Die Leinen wurden ausgeworfen und befestig und endlich, endlich gingen die Türen auf und die Passanten durften über die Stege ins Freie gehen. Die riesige Klappe öffnete sich und die ersten Motorräder und Fahrräder fuhren von Bord, bevor die Autos grünes Licht bekamen.

»Hoffentlich sind sie auch an Bord. Was, wenn schon alles ausverkauft war, bevor Wladislaw welche kaufen konnte?« Tuula lief nervös auf und ab.

»Sie sind an Bord. Er hatte die Tickets für die erste Überfahrt schon gekauft, als er dir geschrieben hatte«, erinnerte sie Kristiina.

Tuula nickte flüchtig. Sie zeigte mit der Hand an die Seite des Schiffs. »Vielleicht steigen sie dort aus und wir müssen da rüber.«

»Wir bleiben hier. Hier müssen sie auf jeden Fall vorbeikommen und hier sehen wir sie als Erstes.«

Qualvolle Minuten vergingen. Nach über zehn Minuten warten gab Tuula den erlösenden Aufschrei von sich. »Da! Dort drüben! Siehst du sie? Da sind sie!«

Kristiina meinte den bärtigen Mann in einer Gruppe von Menschen auszumachen.

Er trug ein Kind auf dem Arm, und die Frau hinter ihm, mit dem Kopftuch, war dann wohl seine Schwester. Der Steg, den sie passierten, war zu schmal, als dass die beiden anderen Kinder neben der Mutter gehen konnten, und so stolperte eines verschüchtert vor ihnen her. Das andere hielt sie an der Hand. Das mochte vielleicht fünf oder sechs Jahre alt sein, dachte sich

Kristiina beim Näherkommen. Tuula war nicht mehr zu halten und drängte sich der Menschenmenge entgegen, die nun auf sie zukam.

»Wladislaw! Wladislaw!«, rief sie außer sich vor Freude.

So hatte Kristiina ihre Freundin noch nicht erlebt. Sie musste ihn wirklich lieben. Auch sie setzte zögernd einen Fuß vor den anderen, wollte die Szene näher beobachten. Es war ein kleiner verlorener Haufen von Menschen, der sich ihnen da näherte. Sie hatten nicht mehr als einen Koffer und eine Umhängetasche bei sich, die sich Wladislaw über eine Schulter gehängt hatte. Auf dem anderen Arm trug er Igor. Wie alt sollte der Junge sein? Vier Jahre? Er erschien Kristiina klein und zierlich für sein Alter. Mit seinem freien Arm winkte Wladislaw zurück. Seine Freude darüber, Tuula entdeckt zu haben, trieb Kristiina beinahe die Tränen in die Augen. Sie unterdrückte dieses verräterische Brennen, mit dem sie sich ankündigten, blinzelte ein paarmal, schaute weg. Und doch wieder hin.

Dann standen sie ihnen endlich gegenüber, ein strahlender Wladislaw, der seine Familie und Tuula um sich hatte. Seine Schwester war größer als Kristiina. Die Frau, mit kantigen Gesichtszügen, machte einen willensstarken Eindruck. Sie trug einen Koffer mit sich. Da standen sie nun. Aus ihrer Heimat vertrieben und noch weniger als das Nötigste dabei.

Wladislaw sagte etwas, was Kristiina nicht verstand. Sie hörte aber den Namen seiner Schwester: Sofija.

Tuula begrüßte sie auf Russisch und stellte nun ihre Freundin vor.

Kristiina verstand nur ihren Namen.

Und während Kristiina der Schwester die Hand reichte und sie auf Finnisch willkommen hieß, bückte sich Tuula schon zu den beiden Mädchen und begrüßte sie herzlich.

»Ana, Darja«, sagte Sofija mit Blick auf ihre Töchter. Kristiina sagte Hallo, auch wenn sie nicht kapiert hatte, welches Mädchen nun welchen Namen trug.

Sie gingen zusammen ein paar Schritte weiter, um den anderen Reisenden nicht im Weg zu stehen.

Und nun?, fragte sich Kristiina. *Wie geht es mit euch weiter?*

Weder die Mutter noch die Kinder machten einen heruntergekommenen Eindruck. Sie hatten auf ihrer Flucht sicher frische Kleider bekommen und sich duschen können. Überall gab es Helfer. Gott sei Dank. Und doch wirkten sie so gestrandet und verloren, dass sich Kristiina das Bild dieser Familie in einer Sommerhütte abseits im Wald nicht vorstellen wollte. Und überhaupt, was für einen Komfort konnte ihnen eine Hütte bieten?

»Wie groß ist denn seine Sommerhütte?«, fragte sie. Tuula hörte ihre Frage nicht. Sie beriet sich mit Wladislaw, wo sie sich am besten ein Auto leihen konnten.

Kristiina wiederholte ihre Frage. Diesmal lauter. Tuula brach mitten im Satz ab.

»Wie groß?«, wiederholte sie. Sie stellte Wladislaw die Frage auf Russisch.

»Eine Sommerhütte eben«, antwortete sie mit einem Anflug von Ungeduld. »Ein Raum. Eine Küchenzeile. Eine Toilette. Unten am Ufer eine Sauna.«

Unten am Ufer eine Sauna, wiederholte Kristiina in Gedanken. Sie hatten ein Kind dabei, das nicht gehen konnte und keinen Rollstuhl mehr hatte. Ganz abgesehen davon, dass es zu dieser Jahreszeit schlichtweg zu kalt in einer Sommerhütte war. Die Kinder brauchten jetzt Wärme und Geborgenheit, einen Platz zum Spielen, ein warmes Bad, ein kuscheliges Bett.

»Kommt doch erst mal mit«, sagte sie. Und an Tuula gerichtet: »Das ist doch jetzt die beste Lösung, oder? Ihr könnt doch alle zusammen in der großen Wohnung unterkommen, oder nicht? Und du bist in ein paar Tagen wieder weg. Dann haben sie die Wohnung für sich.«

»Deine Wohnung?«, fragte Tuula.

»Warum nicht? Sie müssen doch erst mal ankommen. Du kannst diese Familie nicht in eine Sommerhütte abschieben. Der Junge braucht einen Rollstuhl. Sie brauchen ärztliche Betreuung, von den ganzen bürokratischen Dingen einmal abgesehen, die man jetzt anleiern muss. Du kannst sie nicht irgendwo in den Wald bringen. Sie brauchen Anschluss und Unterstützung und den Kontakt zu anderen Menschen.«

Wladislaw und Sofija sahen von einer zur anderen. Wenn sie auch ihre Worte nicht verstanden, begriffen sie, dass sich gerade etwas veränderte, was ihre weiteren Pläne anging.

»Müsst ihr beiden eben das Doppelbett hergeben«, sagte Kristiina nicht ohne leicht ironischen Unterton. »Aber für Wladislaw und seine Familie wäre die Wohnung auf Dauer groß genug.«

»Und sie könnten dort wirklich bleiben?« Tuula sah ihre Freundin mit großen Augen an. Sie war von der Idee begeistert.

»Mir reicht doch die kleine.«

Tuula überlegte nicht lange. Dann wechselte sie nur wenige Worte mit Wladislaw. Es klang wie ein Befehl und ihre Hand wies in die Richtung Aleksanterinkatu.

Keiner widersprach. Sie alle waren müde, sehnten sich im Grunde nur noch nach Ruhe und etwas Privatsphäre. So schlugen sie gemeinsam den Weg in Richtung Kristiinas Wohnung ein. Und während Tuula auf dem Weg dorthin mit Wladislaw und seiner Schwester redete, festigte sich in Kristiina das Gefühl, gerade die beste Idee ihres Lebens gehabt zu haben.

Dreiundzwanzig

»HERZLICH WILLKOMMEN«, sagte Kristiina und ließ alle eintreten, bevor sie folgte.

Die Ankömmlinge sahen sich scheu um. Tuula machte den Anfang und hing ihre Jacke an die Garderobe.

»Ihr beiden kennt euch ja schon aus«, sagte sie zu Tuula. »Macht es euch heimelig. Ich werde rasch alles nach drüben räumen, was ich für mich brauche. Ach, und den Kühlschrankinhalt sollte ich auch haben.« Sie musste schließlich die kleine Wohnung glaubhaft auffüllen. »Ihr müsst sowieso einkaufen gehen.«

Es war kein Problem, in Finnland auch am Sonntag Lebensmittel einzukaufen. Die Läden hatten auch an Sonn- und Feiertagen geöffnet. Vielleicht nicht ganz so lange wie unter der Woche, aber man hatte immer die Möglichkeit, zu besorgen, was man brauchte.

»Soll ich dir tragen helfen?«, fragte Tuula.

»Ja, gerne.« Kristiina dachte an Grace und daran, dass sie sich eigentlich um zehn Uhr in der Tram treffen und gemeinsam nach Seurasaari weiterfahren wollten. Das würde nun nicht mehr reichen. Sie schrieb ihr ein paar Zeilen, ging in ihr früheres Schlafzimmer und öffnete den Kleiderschrank. Was waren ihre

Lieblingsklamotten und welche hatte sie sowieso kaum mehr an? Alle würden drüben keinen Platz finden. Rasch zog sie einige Kleiderbügel heraus und hängte sie über Tuulas ausgebreitete Arme. Dann griff sie in den Stapel von Shirts und Pullovern, Unterwäsche und Socken. Beide Frauen trugen Arme voll Kleidung hinüber in die kleine Wohnung. Sofija verfolgte ihr Treiben. Sie wechselte aufgeregte Worte mit Wladislaw. Tuula beschwichtigte auf Russisch und übersetzte Kristiina: »Ich habe ihr versichert, dass sie dich nicht vertreiben. Du hattest eh vor gehabt, deine Wohnung für Flüchtlinge zu räumen.«

»Genau«, sagte Kristiina. »Das hatte ich vor. Was heißt das auf Russisch?«

Tuula sagte es ihr und sie versuchte, es möglichst genauso vor Sofija wiederzugeben.

Sie gingen etliche Male hin und her. Kristiina vergaß auch das nicht, was noch im Badezimmer war. Wladislaw machte sich auch nützlich. Er packte die Lebensmittel vom Kühlschrank in einen Wäschekorb und trug sie nach drüben.

»Aber nicht alles. Lasst euch Kaffee und Milch und was ihr braucht drüben«, intervenierte Kristiina. Es musste bei ihr nur so aussehen, als lebte sie hier. Und ihr sollte es für heute und morgen früh reichen.

Die Schränke und Schubladen füllten sich. Und mit jedem Gang sah ihre kleine Wohnung noch liebreizender aus. Als Letztes holte sie sich zwei Bilder, ein Körbchen und eine Schale herüber. Dann war alles da. Sie sah sich um. Mehr brauchte sie nicht. Und alles, was sie für ihren Alltag benötigte, umgab sie nun. Es fühlte sich fantastisch an. Hatte sie sich hier nicht schon immer sehr wohlgefühlt?

Ihr Handy summte. Es war Grace.

Sie hatte ihre Nachricht zu spät gelesen und saß jetzt schon in der Tram.

Steig bei mir aus und komm kurz hoch. Ich bin noch nicht fertig. Wir fahren mit der nächsten weiter.

Grace schickte ihr einen erhobenen Daumen.

Kristiina lächelte. Wahnsinn, was man in so kurzer Zeit schaffen konnte. Sie trat ein letztes Mal in die Wohnung gegenüber. Alle saßen um den Tisch herum. Keiner hatte sich getraut, sich auf die Sessel oder das Sofa zu setzen.

»Wir kochen uns erst mal Kaffee und dann holt uns Wladislaw was vom Bäcker. Großeinkauf machen wir später.« Tuula war schon mit einem Notizblock und einem Stift bewaffnet. »Gehst du jetzt gleich?«, fragte sie ihre Freundin.

»Ja, ich bin mit Grace verabredet. Kommt ihr erst mal in Ruhe an. Du kennst dich mit der Waschmaschine und dem Trockner aus. Wir sehen uns heute Abend, wenn ich zurück bin, ja?« Sie wollte schon gehen, da fiel ihr noch etwas ein.

»Komm mal mit«, sagte sie zu ihrer Freundin und ging mit ihr in das Zimmer, das ihr als Bügelzimmer gedient hatte. Dort gab es noch zwei Kisten voller Spielsachen aus ihrer Kindheit.

»Vielleicht ist irgendetwas dabei für die Kleinen.« Sie öffnete den Deckel der ersten Kiste. Da waren Puppen und ihre Lieblingsstofftiere, Spielzeugautos und eine Holzeisenbahn. »Hier gibt es noch alles Mögliche im Schrank, was den Kindern gefallen könnte. Schafft euch ein Heim, in dem man es eine Weile aushalten kann, ja?«

»Das werden wir«, sagte Tuula.

Kristiina wunderte sich nicht darüber, wie rasch sich Tuula doch als Teil dieser Familie empfand. Sie wollte schon gehen, doch Tuula hielt sie am Arm fest. »Das, was du hier tust, Kristiina, ist so ... so ...« Sie suchte nach Worten.

Kristiina zuckte nur mit den Schultern. »Ist mir doch sowieso alles zu groß hier«, sagte sie und ging durch den weitläufigen Flur in Richtung Tür.

Wladislaw fragte sie noch etwas, bevor sie sich endgültig davonmachen konnte.

»Isst du mit uns heute Abend? Dürfen wir dich zum Essen einladen?«, übersetzte es ihr Tuula.

Zum ersten Mal schenkte Kristiina dem bärtigen Mann ein

dankbares Lächeln. Seine Frage rührte ihn. Dennoch lehnte sie ab.

»Nein, danke. Ich komme erst spät, und es wäre ja blöd, wenn ihr auf mich warten müsstet. Aber wir sehen uns heute Abend noch. Wir müssten ein paar Dinge besprechen. Aber das hat Zeit bis dahin.«

Tuula nickte und Wladislaw tat es ihr nach. Er schien mit der Lösung hier doch sehr zufrieden zu sein. Natürlich wirkten er und seine Schwester noch etwas überfahren, aber sie würden schon zurechtkommen. Tuula war ja bei ihnen.

»Bis später dann!«, sagte sie und zog die Tür hinter sich zu.

Sie zuckte zusammen vor Schreck, kaum, dass sie die kleine Wohnung betreten hatte. Die Hausglocke schrillte so laut. Kristiina stieß die Luft aus den vollen Backen, während sie auf den Türöffner drückte. Das war ein Timing!

Sie erkannte Grace' leichten Schritt, lange bevor sie zu sehen war.

»Hei!«, rief sie erfreut aus, bevor sie den letzten Treppenabsatz erreichte. Sie war nicht einmal außer Atem, als sie das dritte Stockwerk erreichte. *Sie spielt Saxophon*, erinnerte sich Kristiina. Natürlich hatte sie ein sehr gutes Lungenvolumen.

»Grace«, seufzte Kristiina aus tiefster Seele, schloss sie in die Arme, küsste sie. Sie hatte sie so vermisst! Sie sog ihren Duft ein, schmeckte ihre Lippen, genoss den Klang ihrer Stimme. So warm und fröhlich. »Komm noch kurz mit rein«, sagte sie. »Ich muss mir noch was drüberziehen.«

Für einen kurzen Moment war sie versucht, Grace vorzuschlagen, einfach hierzubleiben und den Tag im Bett zu verbringen. Was ein schöner Gedanke! Ihr Körper reagierte auch prompt darauf. Ihre Magennerven signalisierten schon ihre Vorfreude. Aber sie hatten beide nur diesen freien Sonntag und morgen wären sie wieder in der Klinik. Und was gäbe es Romantischeres, als Hand in Hand mit der Liebsten über die Museumsinsel zu spazieren? Sie sehnte sich nach etwas Ruhe und Normalität.

»Ich muss noch mal kurz auf die Toilette. Ich hab so viel Kaffee getrunken heute Morgen«, sagte Grace und drückte sich an ihr vorbei ins Badezimmer.

»Du musst unbedingt die anderen aus meiner WG kennenlernen. Sie haben schon nach dir gefragt«, rief sie kurz darauf durch die Tür.

»Ach. Haben sie? Wie war deine Probe gestern?«, erkundigte sich Kristiina, während sie den richtigen Schal für die wärmere Outdoor-Jacke wählte. Wieder erfreute sie sich daran, alle Klamotten hierzuhaben.

»Bist du eigentlich warm genug angezogen oder möchtest du noch ein Tuch von mir haben?«, fragte Kristiina. »Auf Seurasaari bläst immer ein kalter Wind.«

Aber Grace hatte eine dicke Pudelmütze eingesteckt und einen flauschigen Loop um den Hals. Das reichte.

Kristiina schnappte sich ihre Gürteltasche, packte Geldbörse und Schlüssel hinein, dazu ein paar Fingerhandschuhe.

»Gehen wir«, sagte sie und schob Grace hinaus. Schnell weg, bevor Wladislaw zum Bäcker aufbrach und sie sich hier im Hausflur begegneten. Sie musste Tuula und den anderen erst noch sagen, dass sie bitte so tun sollten, als würde die Wohnung Tuula gehören.

Vierundzwanzig

Sie fuhren nur ein kleines Stück mit der Tram, stiegen dann um in den Bus. Mit ihm fuhr man nur eine knappe Viertelstunde. Vielleicht hätte es sich auch angeboten, das Auto zu nehmen. Ab und zu sollte sie es bewegen, bevor die Batterie noch Schaden nahm. Da fiel ihr ein, sie hätte es Tuula ausleihen können. Nun mussten sie ihre Einkäufe zu Fuß erledigen. Blöd. Hatte sie nicht dran gedacht. Aber zukünftig konnten sie es natürlich haben. Ganz sicher bräuchte Wladislaw es für größere Einkäufe. Fehlte ihnen nicht noch ein Bett? Auch das würde sie heute Abend mit ihm bereden.

»Du bist ganz woanders mit deinen Gedanken«, sagte Grace im Bus. Sie legte die Hand auf ihre und strich zärtlich mit dem Daumen über ihren Handrücken. »Oder täusche ich mich?«

Natürlich hatte sie gespürt, wie es in ihr arbeitete. Verunsicherte sie das? Kristiina entschied, ihr von den aktuellen Vorkommnissen zu erzählen. Soweit sie sich dadurch eben nicht verriet.

»Gegenüber sind heute Flüchtlinge eingezogen.«

Sichtlich erleichtert, dass es nur das war, fragte Grace: »Wo? Bei der verpeilten Frau, die sich ausgeschlossen hatte?«

Hab ich das wirklich so gesagt?

»Ja«, antwortete Kristiina und dachte, dass Tuula die Rolle einer verpeilten Frau gut spielen könnte.

»Woher kommen sie?«

»Aus Charkiw.«

»Oh.« Grace nickte betroffen. »Werden sie schon betreut oder kannst du ihnen noch was helfen?«

»Sie brauchen einen neuen Rollstuhl. Ein Kind ist behindert, und der Rolli wurde mitsamt dem restlichen Inventar zerstört.«

In Grace' Gesicht spiegelte sich Entsetzen.

»Aber den könnte ich morgen bereits aus dem Sanitätshaus besorgen«, überlegte Kristiina laut. Sie sah nach vorne.

»Wir sind da. Da vorne ist es.« Kristiina sah schon die Haltestelle. Sie drückte auf ›STOP‹ und sie verließen den Bus mit einigen anderen.

Kristiina sollte recht behalten. Hier ging immer ein frischer Wind. Und während man in der Stadt den Eindruck bekam, der Frühling kehrte nun endlich ein, war es hier noch winterlich kalt. Man sah sogar an manchen Stellen noch eine geschlossene Schneedecke über der von der Eiszeit geschliffenen Felsenlandlandschaft.

Grace nahm ihre Hand, schmiegte sich an sie.

Eine Sehnsucht nach Nähe und Zärtlichkeit überkam sie. Sie wandte ihren Kopf, küsste Grace' Hals und flüsterte in ihr Ohr: »Ich würde jetzt gerne mit dir schlafen.«

Grace gab einen leisen genießerischen Laut von sich. »Seit ich dich gesehen habe, warte ich auf diesen Satz.« Ihre Augen blitzten amüsiert auf.

Sie lachten beide.

Durften sie das? Durften sie so unbeschwert glücklich sein?

Grace zog sie weiter. »Und jetzt sehen wir uns alle Häuser an, die es gibt«, sagte sie mit Nachdruck.

Seurasaari war ein Freilichtmuseum. Es gab über achtzig alte Häuser aus allen möglichen Epochen.

»Schaffen wir die alle?«, zweifelte Kristiina.

»Natürlich«, antwortete Grace, umschlang ihre Taille und zog sie mit sich.

Kristiina legte den Arm um ihre Schultern und so schlenderten sie über die Holzbrücke zur Insel hinüber. Es roch nach Meer und nach Erde, die hier erst jetzt damit begann, sich vom Eis zu befreien. Es würde noch etwas dauern mit dem Frühling. Doch mit zunehmender Helligkeit würden Blumen und Gräser beinahe über Nacht zurückkehren.

»Bei uns ist es so friedlich«, seufzte Grace.

Man konnte sich gar nicht vorstellen, wie es sein musste, wenn es Bomben vom Himmel regnete.

»Der Teufel soll ihn holen«, sagte Grace.

Hatte Tuula das nicht auch vor Kurzem gesagt? »Ja, es sollte nicht zulässig sein, dass ein einziger Mensch so viele andere ins Unglück reißt.«

Sie gingen vorbei an alten Speichern und Schuppen, passierten eine Hirtenhütte und noch andere Häuser, bis sie zu einer Kirche kamen. Sie war offen und so traten sie ein. Kristiina warf eine Münze ein, entzündete ein kleines Licht, das sie andächtig betrachteten.

Im Herrenhaus inmitten der Insel gab es ein Restaurant. Sie aßen dort eine heiße Suppe, tranken Kaffee.

»Was kann ich tun?«, fragte Grace unvermittelt.

Kristiina überlegte. »Sofija hat zwei Mädchen im Alter von sechs und neun Jahren. Sicher werden sie in den Kindergarten und in der Schule unterkommen. Aber etwas musikalische Früherziehung wäre auch nicht schlecht.« Sie grinste, überließ es Grace, ihre Worte für bare Münze zu nehmen oder nicht.

Aber Grace nahm ihren Vorschlag auf. »Ich habe noch meine alte Blockflöte, wenn du das meinst.«

»Wir sprechen von Integration. Nicht davon, sie wieder zu vertreiben«, frotzelte Kristiina und grinste.

Grace verzog selbstgefällig den Mund. »Ich bin auch gut im Malen. Ich habe einige gute Aquarelle hinbekommen.«

»Ach was! Davon hast du mir noch gar nichts erzählt.«

»Du hast mich nicht gefragt.«

»Wie wäre es, wenn wir anschließend zu dir gehen, und du zeigst mir mal dein Zimmer mit allem Drum und Dran?« Kristiina sah sie auffordernd an.

»Das wollte ich dir sowieso vorschlagen«, antwortete Grace.

Sie spazierten auch über den restlichen Teil der Insel, vorbei an alten Häusern.

»So eines würde mir auch gefallen«, seufzte Grace, als sie vor einem stehen blieb und es lange betrachtete.

»Ein Holzhaus mitten im Grünen?«, fragte Kristiina überrascht.

»Warum nicht? Mit einem Garten und einer Schaukel für die Kinder.«

Kristiina lachte und drückte ihre Hand. Wenn Grace das sagte, unterschied sie sich zwar kein bisschen von ihren Freundinnen, die alle schon verheiratet waren und denselben Traum hegten. Den Traum einer Familie, einem Häuschen und all dem, was Kristiina noch vor Kurzem als total spießig empfunden hätte. Bei Grace konnte sie den Wunsch merkwürdigerweise nachvollziehen.

Über eine alte Holzbrücke kehrten sie zu ihrem Ausgangspunkt zurück.

Als sie auf den Bus warteten, fiel Kristiina ein, dass sie sich dieses Wochenende noch gar nicht bei ihren Eltern gemeldet hatte. Wenn sie sonst ein paar Tage freihatte, kam sie immer auf einen Sprung vorbei. Sie müsste ihnen unbedingt sagen, dass jetzt eine ukrainische Familie in ihrer Wohnung lebte.

Und sie war das ganze Wochenende nicht beim Morgenschwimmen gewesen, hatte noch nicht einmal einen Gedanken daran verschwendet. Wo war ihr altes Leben geblieben mit seinen gewohnten Ritualen?

»Gehen wir morgen vor der Arbeit zum Morgenschwimmen?«, fragte Kristiina, als sie im Bus saßen.

Grace überlegte. »Nicht lieber erst Dienstag? Montag ist auch ohne Morgenschwimmen schon schlimm genug.«

Kristiina lachte leise. Nun gut, dann ginge sie morgen eben allein. In ihr Leben müsste doch irgendwie wieder Routine einkehren.

Aber wann würde sie Grace die Wahrheit sagen? Das hatte noch Zeit, entschied sie. Die Gelegenheit würde sich anbieten. Auf keinen Fall heute Abend.

Fünfundzwanzig

Das Haus, das sie betraten, unterschied sich von dem in der Aleksanterinkatu nur darin, dass es moderner war. An Größe und Anzahl der Stockwerke war es nahezu gleich. Bei Grace gab es sogar einen Aufzug. Sie nahmen ihn nicht. Die Wohnung befand sich im zweiten Stock. Nichts wies darauf hin, dass es hier im Haus eine Wohngemeinschaft von vier Musikern gab. Was hatte sie erwartet? Graffitis an der Hauswand? Dröhnende Synthesizer, kaum dass man über die Schwelle trat?

Es roch gut, als sie eintraten. Irgendjemand musste Pfannkuchen machen oder Waffeln.

»Wir kommen wohl gerade richtig«, stellte Grace fest und trat in die Küche, nachdem sie beide ihre Jacken zu den anderen gehängt hatten.

Etliche Schuhe standen in dem gefliesten Flur. Kristiina fühlte sich in ihre Teenagerzeit zurückversetzt.

Natürlich hatte es etwas Schönes, mit mehreren zusammenzuleben. Aber für immer? Und je älter man wurde, umso mehr störten einen die Eigenarten des anderen, oder nicht? Neugierig kam sie hinter Grace her.

»Hei Onni. Das ist Kristiina«, sagte Grace zu dem jungen

Mann, der in der Küche hantierte. Und zu Kristiina: »Das ist Onni, unser Schlagzeuger.«

»Moikka!«, sagte Kristiina. Sie erinnerte sich. Von ihm hatte sie den Eindruck gehabt, dass sein ganzer Körper nur eine einzige Bestimmung hatte: auf alles zu schlagen, zu trommeln und zu klopfen, was ihm zu nahe kam. Sein dunkelblondes Haar war zu Dreads verfilzt. So lang, wie sie waren, trug er diese Frisur sicher schon seit etlichen Jahren. Sein blonder Dreitagebart und sein schalkhaftes Lächeln gaben ihm etwas sehr Anziehendes.

»Hei! Ich hab dich schon mal gesehen. Du warst im Publikum. Du bist mir gleich aufgefallen. Ich zeige dir gerne ein paar Grooves, wenn du dich für's Schlagzeugspielen interessierst.« Sein Lächeln vertiefte sich.

Und bevor er weitersprechen konnte, sagte Grace: »Versuch es erst gar nicht. Sie ist meine Freundin, okay?« Ihr Blick war geradeheraus.

Kristiina war überrascht. Machten die beiden nur Spaß, oder brauchten sie untereinander klare Ansagen?

Onni grinste, machte eine beschwichtigende Geste. »Alles gut! Wollt ihr auch einen Pancake?«

»Gern. Wenn es für uns noch reicht. Wir können uns aber auch einen teilen. Ich mach uns noch Kaffee«, sagte Grace. »Sind Olav und Aleksi auch da?«, fragte sie.

»Olav ist bei seiner Mutter und Aleksi – keine Ahnung. Er hat nichts gesagt.«

Grace lebte also mit drei Männern in einer WG. *Na, prost Mahlzeit!*

Sie war hoffentlich nicht ihre Putzfrau. Unauffällig schaute sie sich um. Da waren keine Berge von ungespültem Geschirr. Im Gegenteil. Nichts stand herum. Überall war aufgeräumt. Herd und die Arbeitsflächen waren auffallend sauber. Die Jungs hatten den Haushalt voll in Griff!

Sie setzten sich mit Onni zusammen an den Tisch auf eine gemütliche Eckbank.

»Die würde mir auch gefallen«, sagte Kristiina spontan. Der Landhausstil gab der Küche etwas sehr Behagliches.

»Ich sag's ja, wir haben denselben Geschmack!«, stellte Grace glücklich fest.

Wenn die wüsste! Kristiina nahm sich vor, ihr Geständnis um einige Wochen zu verschieben.

»Mit Puderzucker oder Ahornsirup?«, fragte Grace in ihre Gedanken hinein.

»Ahornsirup«, antwortete sie. Aber könnte sie das noch länger durchhalten? Würde sie nicht auffliegen?

»Trinkst du ein Bier mit?«, fragte Onni.

Es war erst vier Uhr nachmittags. Aber entgegen ihren sonstigen Gewohnheiten nahm Kristiina sein Angebot an. Hier war es so gemütlich, Grace schaute sie so verliebt an. Ihr war zum Feiern zumute.

Grace entschied sich ebenfalls für ein Bier. »Aber erst nach dem Kaffee und Pancake.«

»Wie macht ihr das?«, wollte Kristiina wissen. »Gibt es bei euch eine gemeinsame Haushaltskasse?«

Onni grinste. »Wir haben monatlich einen gemeinsamen Betrag festgelegt für Grundnahrungsmittel. Zu denen zählen auch zwei Kästen Bier. Das war eine hart verhandelte Menge.« Sein Blick wanderte nun amüsiert zu Grace, die neben ihr saß.

»Ich verstehe«, sagte Kristiina. »Und hättest du kein Veto eingelegt, hätte der monatliche Grundbetrag für vier Kästen gereicht, oder?« Sie lachte auf und erntete einen Puff in die Rippen.

Onni schenkte ihr einen bewundernden Blick. »Deine Freundin kapiert schnell!«

»Eine monatliche Alkoholumlage muss sich immer nach der richten, die am wenigsten trinkt«, gab Grace sich konsequent. Diese großherzige Frau, die sich sonst persönlich zurücknahm, schien bei den Menschen, mit denen sie zusammenlebte keine Kompromisse zu machen. Vielleicht war gerade dieses Verhalten das Geheimnis einer funktionierenden Gemeinschaft. Man musste seine Bedürfnisse mitteilen können und sie einfordern. Grace schien darin geübt zu sein. Kristiina hätte sie gerne dafür geküsst.

»Du hättest es ja an Kaffee wieder wettmachen können«, schlug Onni vor. »In punkto Kaffeekonsum machst du uns allen noch was vor.«

Grace lächelte nur über seine Bemerkung, nahm die Kanne aus der Kaffeemaschine. »Voll?«, fragte sie und goss Kristiina ein.

»Ja. Danke.«

Auch Onni ließ sich seine Tasse ganz auffüllen. Danach ließ er die letzten Pancakes aus der Pfanne auf einen Teller gleiten und stellte ihn auf den Tisch. Die sahen lecker aus, und alle langten zu.

Er unterhielt sich mit Grace über die letzte Probe, unterbrach sich dann ganz unvermittelt.

»Warst du eigentlich der Grund, dass sie nicht pünktlich war?«, fragte er Kristiina.

»Ähm …« Kristiina fragte sich, ob der Start einer Bandprobe ganz so strikt eingehalten wurde wie der eines Ärztemeetings.

Aber Grace lachte. »Er macht nur Spaß. Entspann dich.«

So unterhielten sie sich über Alltägliches, verputzten die Leckereien, tranken hinterher ein Bier zusammen, und währenddessen konnte Kristiina immer mehr verstehen, wie man sich für so eine Wohnform entscheiden konnte. Es hatte was.

»So, wir gehen jetzt in mein Zimmer«, sagte Grace schließlich, nachdem sie die Teller in die Spülmaschine geräumt hatte.

»Ich bin dann ’ne Runde üben«, informierte sie Onni. »Wenn du auch Lust hast, kannst du ja nachkommen.«

»Ihr habt einen Übungsraum?«, erkundigte sich Kristiina.

»Ja, drüben in der alten Fabrik. Dort proben wir auch. Möchtest du ihn sehen?«, schaltete sich Grace dazwischen.

Kristiina war nicht abgeneigt.

»Vielleicht kommen wir nach«, sagte Grace zu Onni und die beiden Frauen verabschiedeten sich fürs Erste.

Wenig später trat Kristiina in Grace' persönliches Reich und fühlte sich auf Anhieb wohl. Der ganze Raum hatte die Ausstrahlung, als würde er sie willlkommen heißen und könnte es kaum erwarten, wo sie sich als Erstes niederlassen würde. Da waren ein Sitzsack, zwei kleine Sessel, ein breites Bett mit vielen Kissen. Dazwischen Regale, die Bereiche trennten. Kein Wunder, dass sie sich in ihrer Wohnung gleich so heimisch gefühlt hatte. Da waren Bücher und Blumen und grüne Pflanzen und an einem Ehrenplatz in einem Ständer stand ein Saxophon.

»Das ist aber nicht das, was du auf der Bühne gespielt hast, oder?«, fragte Kristiina sofort. Dies hier war kleiner und außerdem war es silbern.

»Nein. Mein neustes ist im Koffer. Das würde ich nicht einfach so rumstehen lassen.«

»Spielst du mir was vor?«

Grace verzog das Gesicht. »Jetzt? Nicht dein Ernst!«

Kristiina überlegte nicht lange. »Dann lass uns etwas anderes machen.« Sie warf sich auf Grace' Bett. Und so wie Grace sie ansah, fand auch sie diese Idee viel besser.

»War das eigentlich gerade nur Spaß, oder redet ihr immer so miteinander?«

»Was meinst du?«

»Ich meine: ›*Versuch es erst gar nicht. Sie ist meine Freundin.*‹ War das Ernst?«

Grace schaute etwas betreten.

Es war ihr Ernst! »Es hat mich total angemacht«, gestand Kristiina und grinste. »Könntest du das noch mal sagen? Ich glaube ich mag es, wenn du besitzergreifend wirst.«

»Das ist es nicht. Onni baggert wirklich jede an, die …«, begann Grace sich tatsächlich zu rechtfertigen. Wie süß!

»Sag es noch einmal!«, wiederholte Kristiina.

Grace zierte sich etwas. Es war ihr im Nachhinein peinlich.

»Versuch es erst gar nicht. Sie ist meine Freundin«, wiederholte sie dann doch, wenn auch mit dem Hauch eines schlechten Gewissens.

»Scharf«, hauchte Kristiina. Ihre Hände fuhren in Grace' Haar, zogen sie an sich und ihre Lippen trafen Grace' Mund. Sie küsste sie so besitzergreifend und fordernd, wie sie es bisher noch nicht getan hatte.

Kurz darauf lag sie halb auf ihr und ihre Hand bahnte sich einen Weg unter ihre Kleider. Sie wollte ihre Haut spüren und ihre Wärme. Grace wollte es nicht weniger. Während sie sich immer intensiver küssten und ihre Zungen ein immer leidenschaftlicheres Spiel trieben, wurde aus ihrem Streicheln ohne viel Übergang ein Eindringen in Grace' heiße Körpermitte, und ehe es sich Kristiina versah, stieß sie in sie, rhythmisch und kraftvoll, als würden sie schon seit Stunden hier liegen. Ihr wurde heiß. Die Kleider störten. Es war egal. Grace versuchte, so leise wie möglich zu bleiben. Es gelang ihr nicht lange. Ein leises Keuchen entwich ihrer Kehle. Etwas, was Kristiina noch mehr anmachte. Die Bewegungen ihrer Hand wurden kräftiger und sie gab ihr den Rest, den sie brauchte, um einen Höhepunkt zu erleben, der ihren ganzen Körper zucken ließ. Grace stöhnte auf und es vermischte sich mit ihrem Aufseufzen. *Gott, ist das geil!*

Eine Tür fiel ins Schloss. Jemand ging. Wenig später öffnete sie sich wieder. Schritte im Flur. Grace Zimmertür öffnete sich.

»Hey Grace, bist du …«

Beide Frauen fuhren herum.

»Oh, sorry. Ich … ich komm später wieder.« WOM. Die Tür schloss sich.

»Das war Aleksi«, stöhnte Grace noch außer Atem. Peinlich berührt, verdrehte sie die Augen.

Kristiina lag auf ihr, lachte leise, irgendwo an ihrem Hals. »Oh Gott! So eine WG wäre nichts für mich.«

Sie giggelten leise vor sich hin. Zogen jetzt erst ihre Klamotten aus, weil ihnen viel zu warm war und blieben im Bett.

»Wenn Onni dich einmal anbaggert, bekommt er aber wirklich Ärger mit mir«, grummelte Grace in ihren Armen.

Es klang so süß! Hätte einer ihrer früheren Freunde jemals so einen Spruch von sich gegeben, hätte sie ihn als Macho abgestempelt oder ihm einen Hang zum Kitsch unterstellt.

Nur bei Grace – da gefiel ihr das!

Sechsundzwanzig

Sie kam später nach Hause als geplant, obwohl sie nicht mehr im Übungsraum waren. Die Zeit, die sie mit Grace allein verbrachte, flog immer so rasch dahin.

Es war schon einundzwanzig Uhr, als sie ihre kleine Wohnung betrat und sich aufs Sofa fallen ließ. Wenn sie sich so umschaute, musste sie zugeben, dass sie hier immer noch mehr Platz hatte als Grace in ihrem Zimmer.

Was ihre Eltern wohl zu der Veränderungen in ihrem Leben sagen würden?

Kristiina war das einzige Kind. Es hätte da noch einen Bruder geben können. Doch ihre Mutter hatte eine Fehlgeburt erlitten und der Arzt hatte anschließend von weiteren Schwangerschaften abgeraten. So konzentrierte sich die ganze Liebe und Hingabe der Eltern auf sie.

War sie verwöhnt? Ja, wahrscheinlich. Ihre Eltern wollten ihr Bestes und hatten sie Zeit ihres Lebens immer unterstützt. So war sie zu einer selbstbewussten Teenagerin herangewachsen und hatte sich früh für ein Medizinstudium entschieden. Mit Stolz verfolgten ihre Eltern ihren Lebenslauf. Das Einzige, was sie ihnen noch nicht präsentieren konnte, war ein patenter Schwiegersohn. Anfängliche Rückschläge in ihren Beziehungen hatten ihre Eltern stets mit Bestürzung zur Kenntnis genommen. Mittlerweile sahen sie es zwar entspannter, aber was würden sie dazu sagen, wenn sie wüssten, dass ihre Tochter sich in eine Frau verliebt hatte?

Und wie würden sie reagieren, wenn sie ihnen erzählte, wer gerade in ihrer Wohnung lebte? Sicher waren ihre Eltern sozial eingestellt, aber es war etwas anderes, Geld zu spenden, als eine geflüchtete Familie aufzunehmen.

Auch wenn es für sie die richtige Entscheidung war, mussten ihre Eltern sie nicht zwingend gut finden. Spielte das eine Rolle? Die Wohnungen gehörten ihr. Jetzt konnte ihr Vater beweisen, wie ernst es ihm wirklich damit gewesen war, sie ihr zu schenken. Mit einem Geschenk durfte sie schließlich tun, was sie wollte.

Zufrieden streckte sie sich aus. Alles, was sie zum Leben brauchte, befand sich jetzt in diesen vier Wänden. Von ihren Büchern einmal abgesehen. Aber da konnte sie ja immer mal wieder ein paar davon rüber holen. Vielleicht könnte sie sich ein kleines Bücherregal kaufen, für ihre Lieblingsbände.

Apropos Bücher. Sie könnte sich gleich welche holen, denn sie hatte versprochen heute noch vorbeizukommen.

Also raffte sie sich auf und klopfte gegenüber. Läuten wollte sie nicht. Die Kinder schliefen vielleicht schon. Die Tür wurde geradezu aufgerissen. Wladislaw sagte auf Finnisch guten Abend.

Kristiina grinste, antwortete ebenso und trat über die Schwelle in die Wohnung, in der sie vor Kurzem noch gewohnt hatte. Es roch anders. Es roch nach gutem Essen, nach frischer Wäsche und Kaffee. Es roch nach Gemütlichkeit. Und so sah es auch aus. Kinder waren zwar keine mehr zu sehen, aber in der Ecke stand eine Holzkiste mit Spielzeug. Die Kiste war neu. Ebenso die vielen gewobenen Teppiche, die den blanken Holzdielenboden davor bewahren sollten, Spuren der Abnutzung im Parkett zu hinterlassen. Wie süß! Sie gingen sehr vorsichtig mit ihrem Eigentum um.

Sofija sprang vom Sofa auf. Sie trug kein Tuch mehr auf

dem Kopf und Kristiina wurde erst jetzt richtig bewusst, dass sie es nur wegen der Kälte getragen hatte. Ihr dunkelblondes volles Haar war zu einem Zopf zusammengefasst. Sie ging auf sie zu, reichte ihr die Hand, sagte etwas. Kristiina schüttelte ihre Hand, während Tuula, die auf dem Sofa sitzen geblieben war, übersetzte: »Sofija dankt dir für deine Bereitschaft, sie hier aufzunehmen. Sie hat erst jetzt richtig kapiert, dass sie hier für länger bleiben dürfen.«

»Ist doch selbstverständlich. Es tut mir so leid, mit anzusehen, was sie alles durchmachen musste. Sag ihr das. Wo sind die Kinder?«

»Die schlafen«, sagte Tuula und übersetzte.

»Alle drei?«

»Sie sind erschöpft. In letzter Zeit hatten alle zu wenig Schlaf.«

Kristiina nickte. »Was habt ihr heute gemacht?«, fragte sie, obwohl sie sich die Frage selbst beantworten konnte. Ganz offensichtlich waren sie einkaufen gewesen, hatten sich etwas gekocht, mit den Kindern gespielt, ferngesehen.

Tuula bestätigte es mit einem zufriedenen Lächeln. »Wir waren einkaufen und Sofija hat für uns gekocht. Von ihr kann ich echt noch was lernen.«

»Ihr hattet einen halbwegs angenehmen Tag?«

»Es war der beste Tag, den sie seit Wochen hatten«, sagte Tuula mit Inbrunst.

Wladislaw fragte etwas.

»Wladislaw möchte gerne wissen, wo der Stromzähler ist?«, übersetzte Tuula.

»Warum?«

»Er kommt natürlich für alle Kosten auf. Er ist kein armer Mann, soll ich dir sagen.«

Kristiina lächelte.

»Was kostet so eine Wohnung an Miete?«, fragte Tuula wie nebenbei in einem unauffälligen Tonfall, der den beiden anderen nicht auffallen sollte. »Es beschäftigt sie beide sehr.«

Natürlich hätte sie gerne mehr dazu gesagt, aber das wäre aufgefallen.

»Ich möchte keine Miete. Nebenkosten sind okay«, antwortete Kristiina also ebenso ungezwungen, als unterhielte sie sich über das Wetter.

»Schön. Möchtest du einen Tee? Oder ein Glas Wein?«, fragte Tuula.

»Wasser am liebsten«, antwortete Kristiina. Dann fiel ihr ein, dass sie sich das auch selbst holen konnte. Sie konnte sich hier doch nicht bedienen lassen!

Doch Tuula war schneller und füllte ihr ein Glas am Wasserhahn. Gut so. Ihr Besucherstatus hatte sich also schon manifestiert.

»Ich rufe morgen von der Klinik aus beim Sanitätshaus an und reserviere euch einen Rollstuhl, den ihr dann gleich abholen könnt. Die Schale, die Igor für seinen Rollstuhl benötigt, muss natürlich angepasst werden. Vielleicht geht das auch schon morgen. Ich melde mich bei dir, sobald ich Näheres weiß.«

Sie tauschten ihre Handynummern und Kristiina speicherte alle ein. Von Wladislaw und Sofija.

»Was ist mit den Kindern? Werden sie sich eingewöhnen oder empfindest du sie als traumatisiert?« Kristiina behielt ihren unbeschwerten Tonfall bei. Wladislaw und Sofia mussten nicht jedes Wort erahnen, das sie austauschten.

Tuula zuckte mit den Schultern. Was sollte sie auch sagen. Die Kinder waren verängstigt und eingeschüchtert. Vom Krieg und der Flucht, dem ständigen Wechsel der letzten Zeit. »Lassen wir sie erst mal ankommen.«

Kristiina setzte sich auf einen Stuhl, während Tuula mit Wladislaw und Sofija etwas auf Russisch sprach. Als sie aufhörte zu reden, fragte Kristiina das, was sie schon die ganze Zeit fragen wollte: »Wie ist es euch eigentlich gelungen, von Russland nach Estland zu kommen?«

Tuula brauchte nicht zu übersetzen. Sie wusste es bereits. »Sie sind in das Auffanglager in Woronesch gekommen, das ist im Süden Russlands. Dort sind sie nicht lange geblieben und haben sich nach St. Petersburg durchgeschlagen. Das ist wohl das Drehkreuz zurzeit, wenn man nach Estland gelangen will. Ein Pater der apostolisch-orthodoxen Kirche hatte ihnen geholfen.« Tuula stiegen wieder Tränen in die Augen, so gerührt war sie. »Es gibt also noch wirklich gläubige Menschen innerhalb der orthodoxen Kirche. Ich habe es ja schon nicht mehr geglaubt. Es sind wohl nur die russisch-orthodoxen, die sich ganz staatskonform geben.« Tuula war wieder in ihrem Element. Gleich käme wieder der Satz, dass Jesus diesen Scheinheiligen gerne einen Mühlstein um den Hals gehängt und sie im Meer versenkt hätte. Klare Worte. Und wirklich. Tuula holte schon Luft.

»Und dann? Wie ging es dann weiter? Wer hat euch geholfen?«, fragte Kristiina rasch.

Tuula übersetzte und Sofija begann zu reden. Sie erzählte von Privatpersonen, die sie in ihrem Auto bis zur Grenze gefahren hatten, ihnen Essen mitgegeben hatten. Auch ihr stiegen Tränen auf. Und je mehr Kristiina fragte und Tuula ihr übersetzte, erzählte sie immer abgehackter und weinte. Sie beschrieb die Häuser ihrer Heimat in ihrer Straße, von denen kaum mehr eines stand, beschrieb das Elend ihrer Nachbarn, die aufgrund ihres Alters noch schlimmer dran waren als sie. Sie hatte für sie gekocht und ihnen geholfen, wo es ging, bis dann ihre Häuser so zerstört wurden, dass sie gehen mussten. Wo ihre Nachbarn abgeblieben waren, wusste sie nicht. Sie fiel in sich zusammen, schlug die Hände vors Gesicht.

Es war ein Fehler gewesen, sie so unbedarft zu fragen. Kristiina begriff erst jetzt, dass sie durch ihre Fragen das Leid erneut vor Augen führte. Es war zu früh, um darüber zu reden. Sofija hatte schon genug davon berichten müssen. Es war an der Zeit, jetzt zu schweigen und die Familie zur Ruhe kommen zu lassen.

Kristiina stand auf, schloss sie in die Arme. Sie fühlte die Stärke dieser Frau, trotz allem, was sie durchgemacht hatte. Sie würde sich nicht so leicht unterkriegen lassen. Sofija nicht.

»Setzen wir uns doch an den Tisch und besprechen jetzt die Formalitäten«, schlug Kristiina vor, als sie bemerkte, dass es Sofija unangenehm wurde.

Tuula übersetzte und bat die beiden anderen an den Tisch. Die Beschäftigung mit Normalität würde ihnen allen guttun.

»Also«, begann Kristiina mit Blick auf Wladislaw und Sofija. »Die Übernahme der Nebenkosten reicht mir. Wenn du möchtest, bekommst du, oder besser noch Sofija, der Form halber einen Mietvertrag. Kein Thema. Das können wir so machen.«

Wladislaw sah seine Schwester an. Beide schüttelten den Kopf. Nein, keine Umstände. Sie notierten sich lediglich den Stand des Wasser- und Stromzählers.

»Was ist mit deiner Impfung, Wladislaw?«, fragte Kristiina nabenbei. »Du bist doch ausschließlich mit Sputnik geimpft, oder?«

Er nickte, als Tuula die Frage wiederholte.

»Gut, dann mache ich dir morgen einen Termin aus. Das müssen wir nachjustieren. Der Impfstoff ist in der EU nicht anerkannt. Braucht ihr Medikamente für Igor?«, fragte Kristiina.

Sofija bejahte. Valium Rektiolen für den Notfall, wenn er große epileptische Anfälle bekam.

»Auch darum kann ich mich kümmern«, versprach Kristiina.

Und Tuula meinte: »Ich stelle morgen den Kontakt zu der Flüchtlingshilfe her und wir melden uns regulär an, damit die Kinder registriert sind und bald in den Kindergarten und in die Schule gehen dürfen. Was sie jetzt am dringendsten brauchen, ist Normalität.«

Damit hatte sie recht.

Kristiina blieb nicht mehr lange. Sie gingen auseinander mit der festen Absicht, für alle Beteiligten so rasch wie möglich einen geregelten Alltag zu schaffen.

»Ach, noch was«, erinnerte sich Kristiina, als sie sich schon verabschiedet hatte. »Hier ist der Autoschlüssel. Mein Auto steht auf Parkplatz dreiundfünfzig in der Tiefgarage. Und zum Passieren der Schranke brauchst du diese Karte.« Sie drückte Wladislaw beides in die Hand. »Es ist ganz gut, wenn die Karre mal bewegt wird. In letzter Zeit stand sie zu viel rum.« Mit diesen Worten wünschte sie noch einmal eine gute Nacht ging nach gegenüber.

Siebenundzwanzig

Kristiina stellte den Wecker auf sieben Uhr, statt halb sieben. Sie würde doch nicht zum Morgenschwimmen gehen. Schlaf war zu einem wichtigen Gut geworden. Davon hatte sie in den letzten Tagen nicht sonderlich viel abbekommen.

Außerdem machte es am Dienstag dann umso mehr Spaß, wenn Grace mit dabei wäre. Man musste nicht zwingend an Ritualen festhalten. Es gab schließlich Wichtigeres im Leben.

Wie würde es sein, Grace morgen in der Ambulanz gegenüberzustehen? Zwischen ihnen war alles anders geworden. Würden es die anderen merken? Wie sollten sie damit umgehen? Offen oder lieber diskret? Grace und sie hatten sich nicht abgesprochen. Es würde sich also zeigen.

Viertel vor acht stieg sie aus der Tram aus. Erst jetzt fiel ihr auf, dass es, seit sie das Krankenhaus letzten Freitagfrüh verlassen hatte, nicht mehr geregnet hatte. Das ganze Wochenende nicht! Und davor hatte es über zwei Wochen beinahe ununterbrochen geschüttet. In welcher Form auch immer: Graupel, Eisregen, Regen, Hagel.

Ein Tag bevor Grace bei ihnen aufgeschlagen war, hatte es damit angefangen und nicht mehr aufgehört. Bis vor Kurzem. Ab wann genau hatten sich die ersten blauen Flecken am Himmel gezeigt? Als sie sich zum ersten Mal geküsst hatten? Kristiina dachte noch darüber nach, als sie sich umzog und ihre Kleider in den Spint einschloss. Ja, so musste es gewesen sein. Leise lachte sie vor sich hin.

Als sie den Gang zur Ambulanz entlanglief, dachte sie: *Was hatte der Radiomoderator in den ersten Tagen noch gesagt, als es das Schietwetter verkündet hatte? ›Die Natur braucht den Regen!‹* Aber dann war es zu viel geworden. Und zu viel war nie gut. Vielleicht war es mit ihr so ähnlich. Auch sie hatte zu viel gehabt. Zu viel Raum für sich allein, den sie nicht ausfüllte. Zu viele Möglichkeiten, sich in ihren vier Wänden aufzuhalten. Zu viele Gegenstände und Kleider und Deko und alles. Es war befreiend, heute Morgen aufzustehen, zu duschen, zu frühstücken. Es waren nur kurze schnelle Wege in ihren eineinhalb Zimmern gewesen. Sie hatte rasch gelüftet, das Bett gemacht und Kaffee durchlaufen lassen. Alles war übersichtlich, und das Schönste war, dass sich jemand anderes an ihrem Überfluss freuen konnte.

Lächelnd schritt sie über die Schwelle des Personalaufenthaltsraums. Marianne und Grace waren schon da.

»Hei!«, grüßte sie. »Was ist mit euch los? Seid ihr aus dem Bett gefallen?«

»Warum? Wir haben schon fünf vor acht«, antwortete Marianne ungerührt. »Guten Morgen!«

»Hei!« Grace sah sie, lächelte, und Kristiina wurde bewusst, dass sie es selbst schon tat, seit sie eingetreten war.

Marianne gab irgendetwas von sich wie: »Die Jungs kommen nie vor acht.«

Sie wusste also von nichts. Sonst hätte sie jetzt nicht über die beiden Jungs gesprochen. Grace hatte also geschwiegen.

»Reicht's noch für einen Kaffee?«, fragte Kristiina.

»Klar.« Marianne drehte sich um, um die Kanne zu holen.

Grace und Kristiina wechselten einen Blick und Kristiina stelle ihre stille Frage. Grace schüttelte nur leicht mit dem Kopf.

»Gab es was Besonderes die letzten Tage?«, fragte Kristiina, als Marianne sich wieder zu ihnen umdrehte.

Es war nur eine kurze Übergabe. Es war kaum etwas vorgefallen, was sie nicht schon wussten. So viele Tage hatten sie nicht gefehlt, und doch fühlte es sich für Kristiina an, als sei sie eine Ewigkeit weg gewesen.

»Gut, dann wollen wir mal!«, sagte sie mit Blick auf die Uhr. »Wer von euch beiden macht die Aufnahme?«

Grace entschied, dass Marianne es sich wünschen durfte. Und die entschied sich heute für Assistenz. Vielleicht ganz gut so. So konnte sie sich langsam daran gewöhnen, dass sie zukünftig mit ihrer Geliebten zusammenarbeitete. Ob das wirklich gut ging, würde sich zeigen.

Sie arbeiteten Hand in Hand. Und im Laufe des Vormittags überkam Kristiina die Gewissheit, dass es reibungslos klappen könnte. Man merkte Grace ihren besonderen Status ihr gegenüber nicht an. Ihre Beziehung würde nicht der Anfang vom Ende ihres Teams sein.

Vielleicht bedeutete es für sie selbst die größte Herausforderung. Während der nächsten Stunden überkam sie immer mehr der Wunsch, Grace zu küssen. Irgendwie brauchte sie noch ein Konzept, wie sie damit umgehen konnte. *Ob ich mit ihr regelmäßig gemeinsame Toilettenpausen mache?*, überlegte sie allen Ernstes, als Marianne und Grace sich zum Mittag auf den Weg machten und Kristiina einer von ihnen sehnsüchtig hinterher sah.

Sie rief sich zur Ordnung, erinnerte sich daran, dass sie Tuula gleich zum zweiten Mal anrufen musste. Um zehn Uhr hatte sie ihr schon grünes Licht für den Rollstuhl im Sanitätshaus geben dürfen. Nun hatte sich ihr Kollege vom Impfzentrum gemeldet.

»Hei, Tuula«, sagte sie wenig später in ihr Handy, als sie sich für einen Moment in den Aufenthaltsraum zurückzog. »Ihr könnt heute Nachmittag ins Impfzentrum gehen. Die machen bei Wladislaw einen Antikörpertest. Das Ergebnis bekommen wir aber erst in ein paar Tagen. Je nachdem, wie es ausfällt, bekommt er dann noch ein Vakzin geimpft, das sich mit Sputnik verträgt. Und lasst euch gleich ein paar Termine für Tests geben. Wenn Wladislaw mit in den Kindergarten und in die Schule gehen möchte, muss er ein tagesaktuelles Testergebnis vorweisen.«

»Wo ist das Zentrum?«, fragte Tuula.

»Hier im Krankenhaus, im Erdgeschoss.«

»Das ist gut. Vielen Dank! Igor gefällt sein neuer Stuhl. Das ist ja ein Pflegerollstuhl! Superkomfortabel. Wir haben ihn auf Kissen und Decken gebettet und die Liegefläche etwas abgekippt. Jetzt können wir mit ihm spazieren gehen. Sofija ist glücklich und die beiden Mädchen auch. Heute Morgen haben sie zum ersten Mal herumgetobt. Auf den Stressless-Sesseln. Die schaukeln so herrlich. Wie findest du das?«

Kristiina lachte darüber. Es kehrte also etwas Leben in die beiden verschüchterten Mädchen zurück. Das war eine wirklich gute Nachricht.

»Ach, und noch was!«, beeilte sich Tuula zu sagen. »Ich weiß jetzt, wo bei uns die nächste Stelle für die Ukrainehilfe ist. Es gibt auch in Helsinki regelmäßige Treffen für Flüchtlinge und die helfen auch bei der Vermittlung von Kita- und Schulplätzen.«

»Geht ihr heute gleich hin?«, erkundigte sie sich sofort. Das lief besser, als sie angenommen hatte.

»Ja, wahrscheinlich. Aber erst nach dem Mittagessen«, sagte Tuula.

»Wo habt ihr eigentlich geschlafen?«, erinnerte sich Kristiina an die Frage, die sie gestern Abend schon stellen wollte. »Zu zweit in dem schmalen Bett?«

»Nein, Wladislaw schläft auf dem Sofa. Sofija und ihre Kinder im Doppelbett. Ich allein im schmalen.«

»Braucht ihr nicht noch ein Doppelbett?«

»Mal sehen. Ich bin ja nicht mehr allzu lange da. Aber das haben wir auch schon gedacht. Dann würden wir das Einzelbett mit in das Schlafzimmer stellen. Sofija und die Kinder möchten alle in einem Zimmer schlafen. Das ist auch gut, weil Sofija nachts reagieren kann, wenn Igor einen Anfall bekommt. Wir dürfen doch umstellen, oder?«

»Natürlich. Macht, was immer ihr wollt!« Ihr fiel wieder ein, dass sie ihren Eltern Bescheid geben wollte, wer nun in der Wohnung lebte. Das sollte sie am besten gleich tun, bevor sie es wieder vergaß.

»Bis heute Abend!«, sagte sie also und legte auf.

Rasch tippte sie noch die Nummer ihrer Eltern ein, bevor sie ins nächste Zimmer weiterging. Wider Erwarten ging ihr Vater ans Telefon.

»Lundt.«

»Hei, Isä! Wo ist Mutter?«, fragte Kristiina überrascht. Mutter ging eigentlich immer ans Telefon. Allein schon deshalb, weil er zu lange brauchte, um sich aus seinem Sessel zu erheben.

»Einkaufen«, sagte er einsilbig.

»Ah. Hör mal, ich wollte euch nur etwas sagen. In eurer beziehungsweise meiner Wohnung ist eine ukrainische Familie eingezogen.«

Pause am Ende der Leitung. Ihr Vater schien zu überlegen. »Haben die dort denn alle Platz?«

Kristiina brauchte eine Weile, um seine Gedanken nachvollziehen zu können.

Sie lachte. »Sie sind nicht in der kleinen Wohnung, Isä. Da hätten wir sie nun wirklich nicht untergebracht. Sie sind in der großen.«

»Und du?« Sein Tonfall war zwischen vorwurfsvoll und besorgt.

»Na, *ich* bin in der kleinen.«

»Und das reicht dir? Ist das nicht viel zu eng für dich?«, fragte er aus der Tiefe seines Herzens. Vielleicht hatte Grace doch recht und ihre Eltern waren Bonzen. Familie Lundt hatte ganz offensichtlich gehobene Ansprüche an das Leben.

»Ja, Isä, das reicht mir. Ich fühle mich dort sehr wohl«, versicherte sie ihm. Dass sie dort glücklicher war als drüben, verschwieg sie wohlweislich. Das hätte ihn vielleicht verletzt. Wo er doch so stolz auf die repräsentative Immobilie in der Aleksanterinkatu war.

»Mutter wird sich wundern«, sagte er nur.

»Apropos Mutter. Frag Äiti doch mal, ob sie uns am Wochenende zum Essen einladen würde.«

»Uns«, wiederholte ihr Vater, der das Wesentliche sofort herausgehört hatte.

»Ja, uns. Ich würde euch gerne jemanden vorstellen.«

»Das wird sie aber freuen!«, rief er aus, und Kristiina hörte seiner Stimme an, dass er es auch tat. »Es wäre schön, wenn es diesmal besser passt«, sagte er in seiner typisch trockenen Art..

»Ich bin fest davon überzeugt, endlich meinen Lieblingsmenschen getroffen zu haben.«

Wie klang das? Schmalzig? Aber es stimmte. Sollte sie ihre Eltern vorwarnen, dass sie mit einer Frau auftauchen würde? *Nein*, entschied sie. Sie wollte die spontane Reaktion ihrer Eltern erleben. Gestern Nacht war ihr nämlich der Verdacht gekommen, ihre Eltern könnten so etwas schon vermuten. Hatten sie sich nicht auffallend wenig darüber aufgeregt, wenn sie wieder mit einem ihrer Freunde Schluss gemacht hatte? Warteten sie nur darauf, dass ihr zukünftiger Schwiegersohn eine Schwiegertochter werden könnte?

»Ich melde mich nochmal. Du kannst ja schon abchecken, ob Sonntag bei euch passen würde, ja?« Kristiina musste Schluss machen. Die Patienten warteten.

»Ich glaube, da spricht nichts dagegen. Wir haben nichts anderes vor«, versicherte ihr Vater rasch.

»Alles klar. Ich muss weiterarbeiten. Bis dann. Moi, moi.«

»Ja, tschüss.« Dann war das Gespräch unterbrochen.

Mit einem Lächeln im Gesicht begab sich Kristiina ins Behandlungszimmer.

Achtundzwanzig

»Wie waren deine freien Tage?«, erkundigte sich Marianne bei Grace. »Was hast du gemacht?«

»Freie Tage?«, echote Grace. »Freitag ausschlafen, und ein Wochenende nennst du freie Tage?«

Sie nahmen die Treppen nach unten in die Kantine.

Marianne warf ihr einen unsicheren Blick zu. »Du bist nicht sauer, oder?«, fragte sie.

»Warum?«

»Na, weil es meine Idee war mit dem Tausch der Bereitschaftsdienste. Und weil du nicht viel davon hattest, weil der Teufel los war. Und weil Kristiina dir auch noch böse war, weil du verpennt hast.«

Grace lächelte und winkte ab. »Ach das? Nein, das war nicht so schlimm. Ist schon wieder in Ordnung.«

»Habt ihr euch ausgesprochen?«

»Ja, ja.« *Ich muss es ihr sagen*, dachte Grace. *Marianne und die beiden Jungs sollten es wissen, bevor sie es von anderer Stelle erfahren*.

Sie nahmen sich ein Tablett, reihten sich in die Schlange der Wartenden und stellten ihre persönliche Unterhaltung ein. Erst, als sie am Platz saßen, fragte Marianne: »Wann hast du mal wieder einen Auftritt?«

»Samstag. Irgendwo in Lahti. Ich glaube, am Hafen.«

»Boah. Spielt ihr eigentlich auch an Mittsommer?«

»Ja, in Hanko auf dem Festival.«

»Echt jetzt? Ich fass es nicht. Das wird ja mega!«

»Ich hoffe inständig, dass ich da freibekommen kann. Eure Urlaubsplanung ist zum Großteil schon gelaufen, was? Im Kalender war schon einiges eingetragen.«

Sie aßen und nach einiger Zeit sagte Marianne: »Für das Festival sollte man eigentlich die ganze Woche frei haben. Aber, wenn du Urlaub hast, muss ich arbeiten. Einer von uns sollte da sein. Das ist echt blöd.«

Grace dachte gerade so etwas Ähnliches. »Es könnte doch jemand von Station einspringen. Geht das nicht?«

»Das geht nur, wenn Kristiina da ist. Einer muss die Stellung halten, der mit dem Anmeldesystem vertraut ist.«

Eine Information, die Grace noch weniger gefiel. Höchste Zeit für eine Dienstplanbesprechung.

»Wir sollten demnächst ein Team-Meeting abhalten«, sagte Grace zu Kristiina, als sie von der Mittagspause in die Ambulanz zurückkehrte und sie für einen Moment unter vier Augen waren. »Es ist so viel geschehen, dass ich glaube, es wäre gut, wir würden uns jetzt mal zusammensetzen. Schon allein deswegen, damit im Nachhinein niemand gekränkt ist.«

»Wie schön du das sagst«, grinste Kristiina. »Habt ihr beiden beim Mittagessen philosophiert?«

»Nein«, sagte Grace kurz angebunden, lächelte dann aber doch, und ihr Blick bat um Verständnis. »Aber wir müssen es den anderen sagen, bevor sie es hintenrum mitbekommen. Und wir wollten sowieso den Umgang mit übergriffigen Patienten besprechen und die Urlaubsplanung …«

»Und die gemeinsame Pausenregelung für Liebespaare

innerhalb des Teams«, beendete Kristiina lächelnd ihren Satz. Sie kam näher. »Auszeiten, in denen ich dich endlich küssen darf, wie mir beliebt.«

Grace ließ nur zu, dass Kristiina sie flüchtig auf die Wange küsste. »Ich bin mir nicht sicher, ob das eine gute Idee wäre.« Sie verzog das Gesicht. »Vielleicht lenkt das zu sehr von unserer Aufgabe ab.«

»Gut«, antwortete Kristiina gespielt frustriert und kam zur Sache zurück. »Dann machen wir das Meeting doch gleich morgen. Holen wir uns was zu essen hoch und reden. Ach, und wenn wir schon dabei sind: Hast du nächstes Wochenende Zeit? Ich würde dich gerne meinen Eltern vorstellen.«

Grace' Augen wurden sofort schmaler. »Deinen Eltern? Wissen sie denn überhaupt, dass du jetzt mit einer Frau liiert bist?«

»Nein, noch nicht.«

»Aber du wirst es ihnen vorher doch sagen!«

»Nein.«

Grace rollte die Augen. »Darf ich auch ablehnen?«

»Bitte nicht«, sagte Kristiina und sah sie eindringlich an.

»Dann geht es also lediglich noch um das *Wann*«, gab Grace sich mit einem leisen Stöhnen geschlagen.

»Wenn du das so nennen möchtest. Wie wäre es mit Sonntag zum Mittagessen?«

»Echt jetzt?« Grace' Blick sprach Bände. Ein Besuch bei Eltern, die noch nicht wussten, dass ihre Tochter lesbisch war, zählte offenbar nicht zu ihren Lieblingsbeschäftigungen. »Warum sagst du es ihnen nicht vorher?«, wollte sie wissen.

»Weil ich ihre Reaktion live erleben möchte.«

Grace stieß die Luft aus den aufgeblähten Backen. »Gut, aber auf deine Verantwortung. Wenn es eine Szene gibt, bin ich raus. Verstanden?«

»Ja«, versprach Kristiina. »Danke.« Wie gerne hätte sie sie jetzt richtig geküsst, doch auf dem Gang näherten sich Schritte. »Dann bin ich jetzt mal weg«, sagte sie.

»Vergiss nicht, die Jungs mitzunehmen«, hörte sie Grace noch sagen.

Kristiina machte eine halbe Stunde Pause. Als sie wiederkehrte, war der Wartebereich brechend voll. Patienten standen auf dem Gang, Kinder weinten.

Jetzt aber ran! Montags war immer besonders viel los. Es war nicht nur ihr Empfinden nach einem freien Wochenende. Irgendwann würde sie sich die Patientenstatistik genau ansehen. War Montag wirklich der Tag, an dem am meisten passierte? Sie arbeiteten sich von Zimmer zu Zimmer, nähten, desinfizierten, verbanden, spritzten, schienten und gipsten, was das Zeug hielt.

Um sechs Uhr hatten sie den Andrang bewältigt. Wer jetzt noch Hilfe brauchte, musste auf Station läuten. Das erschöpfte Team machte Feierabend. Das Meeting für morgen wurde davor noch zur beschlossenen Sache. Die fünf freuten sich sogar darauf.

»Kommst du noch mit zu mir?«, raunte Grace Kristiina unauffällig zu, als sie zu dritt zur Haltestelle gingen. Marianne, Grace und sie gingen alle in dieselbe Richtung.

»Ich muss zu Hause erst mal die Lage checken«, antwortete Kristiina. »Möchtest du nicht später nachkommen? Dann könnten wir morgen von meiner Wohnung aus zum Morgenschwimmen gehen.« Und dazwischen läge eine Nacht, die nur ihnen gehörte.

»Bitte sag ja, hm?« Kristiina war es kaum möglich, sie ohne dieses Versprechen gehen zu lassen.

»Wo bleibt ihr denn?« Marianne drehte sich um. Ihre Tram bog schon um die Ecke. Höchste Zeit, sich in Bewegung zu setzen.

Grace nickte. »Bis später dann.« Sie eilte hinter Marianne her und beide stiegen ein. Kristiina hob noch die Hand, um zu winken, doch sie sahen es nicht mehr.

Tja, das war also der erste Arbeitstag als Paar. Kristiina fühlte sich einsam, als sie zum Bahnsteig gegenüber ging und auf ihre Tram wartete

Neunundzwanzig

»UND? Alles in Griff?«, fragte Kristiina freudestrahlend, als Tuula die Tür öffnete. Natürlich hatten sie telefoniert und sie kannte die Fakten längst, aber es war etwas anderes, es live mitzuerleben.

»Komm rein!« Tuula trat zur Seite. »Schau mal!« Es war niemand da außer Tuula und Igor. Und der saß in seinem Rolli, blickte ihr entgegen und sah auf einmal viel weniger hilfebedürftig aus. Er musterte sie sogar interessiert, sagte etwas, was sie beide nicht verstanden. Vielleicht war es auch gar keine Sprache, sondern seine eigenen Worte, die nur seine Mutter und seine Geschwister zuordnen konnten.

Kristiina sah sich um. Da lagen Zeitungen auf dem Tisch und auf dem Sofa, Spielzeug auf dem Boden, ein Einkaufsladen im Eck. Kristiina konnte sich noch gut daran erinnern.

»Sie sind mit dem Auto einkaufen. Ich hab gesagt, ich passe so lange auf Igor auf. Stell dir vor, wir dürfen die Mädchen morgen schon in der Kita vorstellen. Ich freu mich so. Du hattest natürlich recht. Mit der Familie in einer Sommerhütte im Wald – das wäre ja überhaupt nicht gegangen!«

Kristiina nickte nur. Ihre Aufmerksamkeit war bei dem hölzernen Einkaufsladen. Sie trat näher, bückte sich. Was hatte sie als Kind am liebsten eingekauft? Sie nahm einzelne kleine Packungen in die Hand.

»Süß, was?«, meinte Tuula, die es ihr nachmachte. Eine ganze Weile unterhielten sie sich darüber, was sie als Kinder gespielt hatten. Konnte das schon dreißig Jahre her sein? Igor bewegte aufgeregt seine Arme und kommunizierte.

»Das gefällt dir auch?«, fragte Kristiina. Sie nahm einen kleinen Einkaufskorb, füllte ihn mit ein paar Produkten und ging zu ihm, um sie ihm zu zeigen. Er hatte solchen Spaß daran, dass Tuula sich sofort daran beteiligte.

»Wo hast du Grace gelassen?«, fragte Tuula urplötzlich.

»Grace?«, wiederholte Kristiina. »Sie kommt später. Warum?«

»Kommt ihr zum Essen zu uns rüber? Sofija und Wladislaw wollten etwas typisch Ukrainisches für euch kochen. Die kommen bestimmt mit übervollen Taschen zurück.«

»Hat Wladislaw wirklich genug Geld? Sollte man ihm …«

»Nein, nein«, unterbrach Tuula. »Er hat genug Gespartes, um fürs Erste über die Runden zu kommen. Du musst ihnen nicht noch mehr geben. Was du tust, ist genug.«

Igor lachte.

Die beiden Frauen sahen sich an.

»Was war das denn? Das hast du ja noch nie gemacht. Hey, junger Mann!«, Tuula krabbelte mit ihren beiden Händen über seinen Bauch und dann die Arme entlang. »Du hast ja ein ganz süßes Lachen, du kleiner Fratz.« Wieder lachte er.

Entzückt vertreiben sie sich mit ihm die Zeit, bis Kristiina sagte: »Ich geh jetzt mal rüber, und gebe Grace Bescheid. Wann wollt ihr essen?«

»Ich klopf, wenn wir fertig sind. So um neun vielleicht.«

»Ist das nicht zu spät für die Kinder?«

»Die sind bis dahin im Bett. Denen machen wir ein paar Schnittchen mit Salat. Sofija und ich wollten heute so ukrainische Teigtäschchen machen. Mit Kartoffeln und Quark gefüllt. Das dauert ein bisschen, bis wir die fertig haben.«

»Das klingt richtig verführerisch. Also bis später.« Sie war schon fast durch die Tür, als ihr noch etwas Wichtiges einfiel. »Ach, noch was! Wenn ich nachher mit Grace komme, vergiss bitte nicht, dass sie annimmt, diese Wohnung gehört dir.«

»Mir?«

»Ja, ich habe ihr gesagt, du wohnst hier. Und dass du etwas verpeilt bist, weil du dich das letzte Mal ausgeschlossen hast und meine Hilfe brauchtest.«

»Bin ich das?«, fragte Tuula halb im Ernst.

Kristiina zuckte mit den Schultern. »Irgendetwas musste ich sagen, weshalb du geklingelt hast.«

»Und was sagst du ihr, wenn ich abreise?«

»Dann hast du deine Wohnung eben voll und ganz einer Flüchtlingsfamilie überlassen. Wo ist das Problem?«

»Ich finde, du solltest es ihr sagen.«

Kristiina schüttelte den Kopf. »Viel zu großspurig. Grace hält die gut betuchten Finnen schwedischer Abstammung für Bonzen. Außerdem liebt sie die kleine.«

Tuula wiegte mit dem Kopf, als wollte sie sagen: *Da hat sie nicht ganz unrecht, deine Grace, ihr seid Bonzen.*

»Untersteh dich«, sagte Kristiina, die ihre Gedanken deutlich lesen konnte.

»Ist ja deine Sache, was du der Frau deines Herzens erzählst und was nicht.« Ihr Tonfall klang sachlich und trotz allem wertschätzend. Gerade deshalb traf es Kristiina umso mehr. Tuulas Art hatte sonst immer etwas Leichtes und Unbeschwertes.

Als Kristiina hinüberging, nahm sie sich vor, es Grace möglichst bald einzugestehen.

»Hei«, sagte sie zu Grace Minuten später am Handy, »bring Hunger mit, wenn du kommst. Wir sind gegenüber zum Essen eingeladen.«

»Oh, fein! Was gibt es denn?«

»Irgendwas mit ukrainischen Teigtaschen. Muss lecker sein,

sagt Tuula, die Frau von gegenüber.«

»Soll ich was mitbringen? Blumen oder so?«

»Ähm, ich weiß nicht.«

»Okay, dann 'ne Flasche Wein.«

Kristiina dachte kurz nach. »Vielleicht ganz gut. Wann kommst du?«

»Bin schon so gut wie unterwegs. Rot oder weiß?«

»Rot. Freu mich auf dich.« So hätten sie noch eine gute Stunde für sich allein. Wie schön!

Die Zeit, bis Grace aufschlagen würde, füllte sie mit Hausarbeit, saugte durch, putzte das Bad. Es sollte alles tipptop sein, wenn Grace über Nacht blieb. Es dauerte nicht länger als eine Viertelstunde. Die restliche Zeit verbrachte sie auf dem Sofa.

Grace würde bleiben und sie hatten die ganze Nacht für sich allein. Und morgen vor der Arbeit würden sie zum Strand zum Morgenschwimmen gehen. Das war ja beinahe wie ein Kurzurlaub.

Es klingelte und Grace kam die Treppen hoch.

»Hallo, meine Hübsche!«, begrüßte Kristiina sie, zog sie über die Schwelle und küsste sie endlich so, wie sie es den ganzen Tag über schon hatte tun wollen.

Grace stellte die Flasche an den nächstbesten sicheren Ort. »Hei, das ist ein Überfall. Werde ich vielleicht auch mal gefragt, ob ich das möchte?«

Lachend ließen sie sich auf das Sofa fallen, saßen oder besser lagen dort gefühlte zehn Minuten, dann klopfte es auch schon an der Tür. »Essen ist fertig!«

»Oh, na dann!« Grace raffte sich auf.

Da lag ein Hauch Überdruss in ihrer Stimme, der Kristiina freute. Sie wäre also auch gerne mit ihr auf dem Sofa geblieben.

»Gehen wir kurz nach drüben«, sagte Kristiina und schob sie voraus durch die angelehnte Tür und ließ ihr Gesicht nicht mehr aus den Augen.

Dreißig

Grace staunte, als sie über die Schwelle getreten war. Ihr Blick blieb einen kurzen Moment an dem Stuck der Decke hängen, schweifte dann durch den weitläufigen Raum bis zu dem massiven Esstisch, der zum Essen eingedeckt war. Sie erfasste mit einem dezenten Blick den Sekretär aus Kirschholz, das Klavier und die Regalwand, bis zum Kamin. Sie lächelte höflich, aber zurückhaltend, wie Kristiina es bisher noch nicht bei ihr gesehen hatte. Es versetzte ihr einen leichten Stich.

»Herzlich willkommen«, sagte Tuula fröhlich, als sie alle inmitten des Wohnzimmers standen. Sie erfüllte ihre Rolle als Gastgeberin perfekt. »Ich bin Tuula.«

»Hei, ich bin Grace. Danke für die Einladung!« Grace überreichte ihr die Flasche Rotwein, die Tuula gerne annahm.

Sofija und Wladislaw kamen aus der Küche. Wladislaw wischte sich die Hände an einem Geschirrtuch ab, das über seiner Schulter hing. Sie gaben sich nicht die Hand, sahen wegen Corona noch davon ab. Ginge es nach Kristiina, könnte es so bleiben. Bei diesem Händegeschüttel wurden ihr sowieso zu viele Bakterien weitergeben. Darauf konnte sie gerne verzichten. Alle hoben nur die Hand zum Gruß oder nickten sich zu.

So wie der Tisch gedeckt war, gab es mehr als nur Teigtaschen. Außerdem roch es nach Braten.

»Es gibt allerlei Leckeres. Lasst euch überraschen«, sagte Tuula, als hätte sie ihre Gedanken erraten. »Jetzt erst mal einen kleinen Starter.« Sie sah zu Wladislaw.

Das war sein Zeichen. Er öffnete die Flasche Sekt, die im Kühler stand und füllte rustikal anmutende Gläser, in denen sich Beeren und etwas Grün befand.

»Holunder Siideri mit Blaubeeren und Rosmarin«, verkündete Tuula.

Als sie alle im Kreis standen und die Gläser in den Händen hielten, sagte Wladislaw: »Auf Finnland! Danke für die Hilfe.« Er musste es geübt haben. Es klang akzentfrei.

»Auf die Ukraine und auf baldigen Frieden!«, antwortete Tuula.

Sofija seufzte auf, als Tuula es auf Russisch sagte und Wladislaw schüttelte ernst mit dem Kopf. Der Frieden war weit weg. Die Hoffnung dahin. Ein Land wollte sich mit Gewalt etwas nehmen, ein anderes verteidigte sich bis in den Tod. Keine vielversprechende Ausgangslage.

Aber bevor dazu jemand etwas sagen konnte, befahl Tuula: »Nehmt Platz!«

Es beschämte Kristiina, zu sehen, wie sehr sich Sofija um sie bemühte. Sie brachte emsig eine große Platte mit Teigtaschen. Sie musste im Backofen warmgehalten worden sein, denn sie schützte ihre Hände mit Topflappen. Auch Wladislaw stellte etwas auf den Tisch: einen großen Bräter, den Kristiina allzu gut kannte. Sie hätte vielleicht eine andere Form genommen, aber diese hier tat es natürlich genauso gut.

»Kotelett Kiew«, sagte Tuula und lachte. »Das Witzige daran ist, dass es sich um Hühnerbrust handelt, die mit selbst hergestellter Kräuterbutter gefüllt und dann noch paniert wird. Ich bin überzeugt davon, es schmeckt ausgezeichnet. Es ist jede Menge Knoblauch in der Kräuterbutter. Wie ich es liebe!«

Sofija stellte noch eine Schüssel mit grünem Salat neben

Kristiina. Sie rangierte noch dies und das um, wo sie dachte, dass ihre Gäste zu wenig Platz hatten.

Danke, lass jetzt gut sein!, dachte sich Kristiina, der es unangenehm wurde. Ganz plötzlich trieb es ihr Tränen in die Augen. Sie schluckte. Blinzelte sie fort. Sofijas Bemühungen war so unübersehbar liebevoll, und das, nachdem die Familie selbst vor Kurzem alles verloren hatte. Niemand anderem hätte sie ihre Wohnung so gerne überlassen wie Sofija und ihren drei Kindern.

Grace empfand vielleicht ganz ähnlich, denn betont unterhaltend sagte sie: »So isst man also Teigtaschen in der Ukraine: Mit Fleisch und Salat.« Sie lachte und sie und Tuula fielen mit ein.

Tuula übersetzte es, und Sofija und Wladislaw lachten ebenfalls, wenn auch zeitversetzt. Alle langten zu. Ihre Tischgemeinschaft war harmonisch, trotz dass sie sich kaum kannten und noch nicht einmal eine gemeinsame Sprache sprachen.

Tuula übersetzte: »Sie wollten in dem Land, das sie aufgenommen hat, für Gäste etwas ganz Typisches kochen. Und Teigtaschen sind so etwas wie ein Nationalgericht.«

Wenig später übersetzte Tuula: »Und ihr beiden könnt ruhig öfter zum Essen kommen.« Ihr Blick ruhte auf Grace und Kristiina. Die beiden hatten also verstanden, dass sie ein Paar waren. »Sie freuen sich über Gemeinschaft«, übersetzte Tuula.

Kristiina und Grace versicherten, dass sie es gerne tun würden.

»Guten Appetit«, sagte Sofija auf Finnisch.

»Guten Appetit«, antworteten alle. Tuula bot Wein an.

Es fühlte sich eigenartig an, in seiner eigenen Wohnung mit seinem eigenen Hausrat bedient zu werden.

»Und du hast hier ganz allein gewohnt, bevor du Wladislaw und seine Familie kennengelernt hast?«, fragte Grace Tuula.

»Äh, ja«, sagte sie. Nach einer kurzen Pause fuhr sie fort: »Das hatte sich so ergeben. Es war früher mal die Wohnung meiner Eltern.«

Kristiina verzog keine Miene über diese abgekupferte Story. Tuula spielte ihre Rolle gut.

»Ich zeige sie dir gerne nach dem Essen, wenn du möchtest. Im hinteren Teil befindet sich noch eine Sauna und ein Whirlpool. Da kannst du aus dem Fenster hinunter auf die Straße sehen, während du im Blubberbad liegst. Das hat was!«

Kristiina hatte keine Ahnung davon, dass Tuula das so gefiel. Das war ja mal interessant.

Und weil Wladislaw sich gerade mit Sofija unterhielt, störte sich niemand daran, wie Grace und Tuula sich austauschten. Grace fand es bewundernswert, eine Frau samt ihren Kindern bei sich aufzunehmen.

»Ach, das ist doch nichts Besonderes«, winkte Tuula ab. »Wenn doch genügend Platz da ist. Und bald bin ich sowieso ganz weg für die nächste Zeit.«

»Ja, warum?«, fragte Grace.

»Ich arbeite im Hotelfach und da bin ich immer mal wieder eine ganze Saison fort.«

»Wohin gehst du?«

»Nach Lappland.«

»Gibt es dort noch Schnee?«

»Unmengen! Dieses Jahr haben wir die Nase so richtig voll vom Schnee. Aber dass es ein langer weißer Winter war, habt ihr ...«, sie verbesserte sich sofort, »haben wir hier ja auch gemerkt, nicht wahr?«

Grace nickte.

Kristiina hörte schweigend zu, während sie aß. Es schmeckte ganz ausgezeichnet. Bestimmt wahnsinnig kohlehydratreich, aber sehr lecker.

Sofija fragte sie etwas, das Tuula nicht zu übersetzten brauchte. »Göttlich«, antwortete Kristiina und hob den Daumen. »Es schmeckt ganz ausgezeichnet.«

»Schlafen die Kinder schon lange?«, fragte Kristiina Sofija.

Tuula übersetzte und lieferte gleich die Antwort: »Seit zwei Stunden schon. Und sie werden nicht vor morgen früh acht Uhr wach werden. Es scheint, als müssten sie einiges nachholen. Sie schlafen hier tief und fest. Und außerdem freuen sie sich schon auf den Kindergarten.«

»Ach, wann dürfen sie zum ersten Mal hin?«, fragte Grace.

»Nein, das ist erst mal zum Reinschnuppern. Erst mal zwei Stunden und ihre Mama darf dabeibleiben.«

»Darf sie das nicht immer?«, fragte Grace mit großen Augen. »Die können doch kein Finnisch.«

»Es gibt dort eine ganze Gruppe nur mit ukrainischen Kindern. Und eine zweisprachige Lehrerin übt mit ihnen die ersten Worte.«

»Also eine Sprachschule«, sagte Grace. »Das ist ja klasse. Gibt es denn ausreichend Kinder für eine eigene ukrainische Gruppe?«

»Ja, und es werden jeden Tag mehr. Sobald sie über Grundkenntnisse in der Sprache verfügen, werden die Gruppen gemischt. Die Kinder sollen ja rasch Finnisch lernen«, informierte Tuula. »Wenn ich daran denke, dass Wladislaw zuerst beabsichtigt hatte, seine Schwester samt Kindern in seiner Sommerhütte unterzubringen, bin ich doch jetzt gottfroh, dass sie alle hier sind.«

»Ach, wollte er das wirklich?«, fragte Grace entsetzt. »Wie gut, dass du da interveniert hast«, sagte sie mit Blick auf Tuula, der es zu ihrer Ehrenrettung etwas unangenehm war. »Ein mutiger Schritt, Fremde in seine Wohnung zu lassen. Wie lange kennt ihr euch denn schon? Wladislaw und du?« Grace' Blick blieb interessiert an ihr haften.

Tuula log ohne rot zu werden. »Seit fast einem Jahr.« Sie ging nicht ausführlicher darauf ein, sondern nahm sich noch von den Teigtaschen. »Die sind so gut! Die muss ich unbedingt in Lappland mal machen, im Zuge einer ukrainischen Woche, oder so.«

Wladislaw sagte etwas und Tuula übersetzte es mit Blick auf Kristiina.

»Wladislaw hat sich von deinen Zigaretten genommen. Er

kauft dir eine neue Packung, soll ich dir sagen.« Das letzte Wort kam ihr kaum mehr über die Lippen, als sie kapierte, was sie da gerade verraten hatte.

»Du rauchst?«, fragte Grace und sah Kristiina erstaunt an.

»Äh, nur manchmal. Also nur ein- oder zweimal im Jahr.« Kristiina winkte ab.

Mist, das macht den Fauxpas nicht besser. Warum sollte ich meine Zigaretten bei der Nachbarin vergessen, wenn ich so gut wie gar nicht rauche? Sie überlegte, wie sie sich aus der Affäre ziehen konnte.

Sofija zog glücklicherweise die weitere Aufmerksamkeit auf sich. Sie deutete auf den leeren Bräter, fragte offenbar, ob noch jemand ein Kotelette Kiew mochte, und wies mit der Hand gen Küche. Es war wohl noch mehr davon da. Wladislaw signalisierte, dass er gerne noch eines essen würde.

»Oh, ja. Ich bitte auch«, sagte Kristiina. Und zu Grace: »Teilen wir uns eines?«

Sofija verschwand in die Küche und Kristiina reichte Grace die Schüssel mit Salat. »Möchtest du noch?«

Grace bediente sich. Sie tat es mechanisch, als sei sie in Gedanken.

Sofija rief etwas aus der Küche. Wladislaw und Tuula sprangen gemeinsam auf.

»Was ist denn jetzt los?«, fragte Grace.

Sie hörten Stimmen in der Küche und Tuula schimpfte etwas vor sich hin. Grace und Kristiina wechselten einen amüsierten Blick. Dann hörten sie Tuula irgendetwas von Gebrauchsanweisung reden.

»Kann ich irgendetwas helfen?«, fragte Kristiina und stand ebenfalls auf. »Was funktioniert denn nicht?«, erkundigte sie sich, als sie in der Küche war.

»Dieser Herd!«, schimpfte Tuula. »Ich krieg mit dem noch eine Meise! Jetzt tut er schon wieder nichts. Das geht schon die ganze Zeit so mit diesem blöden Induktionskochfeld.« Ihre Finger drückten energisch auf dem Kochfeld herum. Nichts tat sich. »Vorhin habe ich aus Versehen die Kindersicherung eingeschalten und sie erst wieder rausgekriegt, nachdem ich die Gebrauchsanweisung gelesen habe. Diese scheiß High Tech! Und Wladislaw konnte mir nicht helfen, weil er so einen Herd noch nicht einmal gesehen hat. In der Ukraine hatten sie einen mit ganz normalem Kochfeld!« Tuula warf ihr die letzten Worte zornig an den Kopf. Und weil sie sich so echauffierte, musste Kristiina lachen.

»Lass mich mal! Ihr müsst das Kochfeld sauber halten. Da sind zu viele Fettspritzer. Das passiert schon mal, dass dann kein Befehl mehr angenommen wird.« Kristiina nahm den Spüllappen, wischte über das Kochfeld, trocknete es mit dem Geschirrtuch, drückte auf die Symbolik für die jeweilige Herdplatte und schaltete sie aus. »Siehst du! Ganz einfach.« Nach diesen Worten grinste sie und kehrte, als sei nichts geschehen, zu Grace zurück. Ihr Blick empfing sie bereits.

»Und, konntest du etwas helfen?«, fragte sie freundlich.

»Ja, ja. Tuula hat immer Probleme mit ihrem Herd. Also, meine Eltern haben auch so ein Induktionskochfeld, deswegen kenne ich mich damit aus«, erklärte sie rasch. Grace nickte, als habe sie schon verstanden.

Wer noch Hunger hatte, nahm sich eine zweite Portion. Pappsatt lehnten sie sich zurück.

»Soll ich dir jetzt die Wohnung zeigen?«, fragte Tuula Grace, die ruhig geworden war. Wahrscheinlich war sie nach dem vielen Essen genauso müde wie sie.

»Oh, ja, gerne«, antwortete Grace.

Die beiden Frauen begaben sich in den hinteren Teil der Wohnung, während Wladislaw und Sofija sich ans Abräumen machten. Kristiina zeigte ihren guten Willen, indem sie ein paar Teller in die Küche brachte. Glücklicherweise wurde sie von Sofija ziemlich schnell der Küche verwiesen und folgte den beiden anderen Frauen.

Im Flur roch es nach Shampoo und Creme. Es roch nach Kindern und einem Zuhause. Irgendwie bewohnt. Wie sehr sie sich danach gesehnt hatte, wurde Kristiina erst jetzt bewusst. Sie hörte die Stimmen von Tuula und Grace, die sich vor der Sauna stehend unterhielten.

»Sofija hat mich der Küche verwiesen«, sagte sie scherzhaft, als sie sich dazugesellte.

»Schön hier, nicht?«, fragte Grace sie, den Blick aufmerksam auf sie gerichtet. »Hier kann man es aushalten, was?«

Kristiina sah sich demonstrativ um. »Oh, ja. Doch. Das kann man.«

Nachdem sie sich alles angesehen hatten und auch Grace bestätigte, dass es gewiss eine spaßige Sache wäre, hier im Whirlpool zu sitzen, während unten im Regen Menschen vorbeizogen, ging sie wieder zu den anderen.

Die Schlafzimmertür öffnete sich, ein kleines Mädchen kam heraus. Das kleinere der beiden. Sie fuhr sich mit der Hand übers Gesicht und blinzelte in ihre Richtung.

»Ana«, sagte Tuula, ging auf sie zu und nahm sie auf den Arm.

Sie mussten sie geweckt haben, trotz dass sie ihre Stimmen gedämpft hatten.

»Meine süße Maus. Haben wir dich geweckt?«, fragte Tuula auf Finnisch. »Schau mal, wer da ist! Kristiina und Grace! Sie küsste sie auf die Wange. Ob sie in dem Moment kapierte, dass Ana sie nicht verstand? Oder übte sie schon mit ihr? Mit dem Kind auf dem Arm ging sie zu Sofija in die Küche.

Ana wollte nicht mehr ins Bett zurück. Sie hätte Durst, sagte sie. Also blieb sie auf dem Schoß ihrer Mutter sitzen, trank ein Glas Wasser, während die Erwachsenen noch den Rest des Rotweins tranken, den Grace mitgebracht hatte. Wladislaws Angebot, eine zweite Flasche zu öffnen, lehnten sie ab.

»Nein, danke. Wir müssen morgen früh raus«, sagte Kristiina und Grace fiel überzeugend mit ein.

»Schon halb elf«, sagte Tuula und gähnte.

Kristiina und Grace verabschiedeten sich, bedankten sich für das Essen und wünschten eine gute Nacht.

Zufrieden gingen sie nach drüben in die kleine Wohnung. Schön. *Jetzt endlich mit Grace allein,* dachte Kristiina.

»Möchtest du zuerst ins Bad?«, fragte sie.

Doch Grace antwortete nicht auf ihre Frage. Sie sah sie an, und ihr Blick war so reserviert wie ihre Stimme: »Was soll dieses Theater, Kristiina?«

Einunddreißig

Die Erkenntnis, dass Grace sie durchschaut hatte, ließ Kristiina erstarren. Grace' Anblick erst recht. In ihrem Gesicht bildeten sich die Kieferknochen deutlich ab, die sonst so großen Augen waren schmal. Sie sah aus, als wäre sie drauf und dran zu gehen – bei dem ersten falschen Wort, das sie nun sagen würde.

»Was meinst du?«, fragte Kristiina, während ihr Herz aufgeregt gegen die Brust schlug.

»Entweder Tuula ist wirklich etwas verpeilt und unbeholfen, oder die Wohnung gehört überhaupt nicht ihr. Und warum sind Sofija und Wladislaw so auffällig um dein Wohl bemüht? Ich schätze, weil sie dir von Herzen dankbar sind. Es ist deine Wohnung, nicht wahr?«

Kristiina sah sie mit großen Augen an, öffnete den Mund, um etwas zu sagen, doch Grace hatte sich schon in Rage geredet und fuhr fort: »Man vergisst seine Zigaretten nicht in anderer Leute Wohnung, wenn man nur zweimal im Jahr raucht. Außerdem war Tuula bei der Wohnungsführung viel zu begeistert. Würde sie ihr gehören, wäre sie an den Luxus längst gewöhnt. Was ist das für ein Spiel? Und warum wohnst du hier in dieser kleinen Bude?«

Kristiina suchte nach passenden Worten. »Das ... äh ...«

Grace wurde ungeduldig. »Gehört Tuula diese Wohnung hier? Habt ihr getauscht?«

»Nein. Mir gehören beide«, gestand Kristiina.

Grace' Miene zeigte keinerlei Überraschung. Nur Enttäuschung. »Und für mich tust du nur so, als wohnst du schon immer hier. Bevor du mich kennengelernt hast, hattest du drüben gewohnt, stimmt's? Musstest du wegen mir etwas tiefer stapeln? Was hattest du dir gedacht? Die Frau hat kein Geld, da tu ich jetzt mal so, als komme auch ich aus bescheidenen Verhältnissen? Was ist das für eine Scheiße?«, fragte sie erzürnt und machte sich nicht länger die Mühe, höflich zu bleiben. Sie griff nach der Jacke, schlüpfte hinein, bückte sich nach den Schuhen.

»Geh nicht!«, flehte Kristiina und stellte sich vor die Tür. Ihr wurde flau im Magen. »Es war nur so ein ...«

»Was? Ein Spaß?«

Kristiina schluckte. »Grace bitte ... Es war nicht mehr als ein Irrtum!«

»Irrtum?«

»Du bist einfach nur in die falsche Wohnung gegangen.«

»Ach, jetzt liegt es an mir?« Grace sah sie an, als zweifle sie an ihrem Verstand. Sie war fertig angezogen und wollte gehen.

Kristiina gab die Tür nicht frei. »Es tut mir leid, Grace. Ich hatte nie die Absicht, dich zu täuschen. Du bist nur ... Du warst so entzückt von der kleinen hier, und dann fiel deine Bemerkung von den reichen Bonzen, zu denen ich mich auf keinen Fall zählen wollte ...«

»Und deshalb tust du so, als wohnst du hier?«

»Das war keine Show, das tu ich wirklich! Immer, wenn ich nach ein paar Nächten Bereitschaft mal ausschlafen möchte. Ich habe mich hier regelmäßig aufgehalten.«

»Wenn es Madame vorne zu laut wurde«, resümierte Grace tonlos.

Kristiina ignorierte es, redete weiter. »Das ist die kleine Einliegerwohnung, die mein Vater zu der Zeit gekauft hatte, als er noch der Meinung war, er könnte hier im Haus bleiben, auch wenn er alt und pflegebedürftig würde.«

»Und? Warum konnte er das nicht?«, wollte Grace dann doch noch wissen.

Solange sie mit mir redet, geht sie nicht. »Er hat eine steife Hüfte und kann keine Treppen mehr steigen. Ein Aufzug kommt für dieses denkmalgeschützte Haus nicht infrage. Da hat das Baurechtsamt gleich abgewunken.«

»Und ein Treppenlift?«, hielt Grace dagegen, um ihre Story Lügen zu strafen.

»Da waren die anderen Eigentümer dagegen. Für solche Entscheidungen braucht es die Zustimmung aller im Haus.«

Grace' Miene entspannte sich etwas. »Wir sind nur in dieser kleinen Wohnung gelandet, weil ich sie irrtümlicherweise betreten habe und sie mir gefallen hat?«

»Ja.«

»Aber du hattest doch schon Sekt hingestellt und etwas zu essen«, widersprach sie.

»Das war alles für Tuula.«

»Wie, Tuula?«, wiederholte Grace.

»Ja, Tuula wollte die kleine Wohnung als Feriendomizil. Die bekommt sie immer, wenn sie hier mal Urlaub machen möchte.«

»Tuula wohnt also nicht in Helsinki?«

»Nein. Ich bat sie, das nur zu sagen. Sie wohnt in Inari und kommt nur ab und zu nach Helsinki, um Verwandtschaft und Freunde zu besuchen.«

»Du hattest sie darum gebeten, mich anzulügen?«

Kristiina antwortete nicht darauf, sondern fuhr mit ihrer Erklärung fort. »Ich hatte für uns beide drüben eingedeckt und war hier nur noch kurz drin, um für Tuula auch eine kleine Überraschung herzurichten.«

Grace begriff.

»Es tut mir leid«, sagte Kristiina. Und vor Erleichterung, dass Grace ihr immer noch zuhörte, fing sie an zu weinen. »Es tut mir wirklich leid. Ich wollte dir nichts vormachen. Ich habe nur bemerkt, wie sehr es dir hier gefallen hat. Und dann habe ich mir gedacht: Warum eigentlich nicht? Ich habe mich hier immer sehr wohl gefühlt, wenn ich hier war. Vielleicht wohler als drüben. Aber das kann man ja schlecht zugeben, wenn man von seinen Eltern so etwas vermacht bekommt.« Kristiina wischte sich die Tränen aus dem Gesicht. »Ich habe es die Tage darauf so belassen und Tuula gebeten, in die große Wohnung zu ziehen. Und dann kamen Sofija und die Kinder. Wladislaw wollte sie ursprünglich in seiner Sommerhütte unterbringen, aber das wäre doch keine Lösung gewesen. Man kann eine Flüchtlingsfamilie nicht in den Wald stecken! Und außerdem hatte Tuula da schon einen Narren an Wladislaw gefressen und nichts dagegen, mit allen zusammen hier zu sein. Es klingt etwas verworren, aber genauso war es.«

In Grace arbeitete es, ihr Kiefer entspannte sich zusehends.

»Es war keine Aktion, um dich zu täuschen. Durch dich bin ich lediglich draufgekommen, dass ich hier wirklich glücklich bin und sich mein Leben leichter und unbeschwerter anfühlt. Ich habe mir, als Sofija und die Kinder gekommen waren, das Nötigste rüber geholt und noch nichts vermisst. Ausgenommen meine Bücher vielleicht«, schob sie hinterher.

»Deine Bücher«, wiederholte Grace. »Die ganze Wand ist voll davon.«

»Ich lese nun mal gerne.«

»Was wird mit Wladislaw und Sofija?«, sprangen Grace' Gedanken weiter und ihre Tonlage war wieder völlig normal. »Du weißt nicht, wie lange der Krieg dauert.«

»Sie dürfen bleiben, solange sie wollen. Ich bin wirklich happy so, wie es ist, Grace. Durch dich habe ich erst begriffen, was ich zum Leben brauche und was nicht.«

»Und Whirlpool und Sauna fallen nicht unter die essenziellen Dinge?«

»Saunieren ist etwas Geselliges. Meinst du, ich hätte Lust darauf, das allein zu machen? Wenn ich Bock auf Sauna habe, gehe ich zum Pier der Winterschwimmer. Dort habe ich Freunde.«

Grace nickte versöhnlich.

Kristiina hätte sie dafür küssen können.

»Grace, du bist mir das Wichtigste. Die erste Nacht hier mir dir in diesen vier Wänden ... Ich habe mich noch nie reicher beschenkt gefühlt.« Tränen quollen wieder aus ihren Augen. Ärgerlich wischte sie sie fort. Es war ihr peinlich.

Grace tat eine Weile gar nichts. Sie stand da und sah sie an. Dann schlüpfte sie aus den Schuhen, ließ sie stehen, wo sie waren, zog die Jacke aus, hing sie an den Haken. Sie atmete hörbar ein, bevor sie sagte: »Ich geh dann mal als Erste ins Bad.« Und mit diesen Worten verschwand sie aus ihrem Sichtfeld.

Kristiina war wie betäubt. Als sie kapierte, dass Grace bleiben würde, setzte sie sich aufs Bett und atmete ein paarmal kräftig durch. Ihre Hände zitterten.

Als Grace zurückkehrte, trug sie – nichts!

»Was ist? Bleibst du hier noch lange sitzen?« Im Gegensatz zu ihren Worten klang ihre Stimme sehr weich.

Kristiina stand auf, ging zu ihr.

»Grace«, hauchte sie und schloss sie vorsichtig in die Arme.

Grace ließ es zu. Mehr noch, sie schmiegte sich an sie. »Kommst du endlich ins Bett?« Grace gab sie frei und Kristiina verschwand eilends ins Badezimmer. Sie fühlte, wie sie feucht wurde, allein durch diese Frage.

Als sie zurückkehrte, lag Grace im Bett und schlug einladend die Decke zurück. Kristiina schaltete das Deckenlicht aus, ließ nur die kleine Nachttischlampe brennen.

Sie seufzte auf, als sie Grace' warme Haut spürte.

Es dauerte nicht lange und Grace schob sich auf sie. Ihre Lippen nahmen ihren Mund in Beschlag, küssten überraschend sehnsüchtig und Kristiinas Körper antwortete prompt, während ihr das Herz bis zum Hals schlug. Ihre Arme umschlossen hingebungsvoll Grace' Körper. Er war schlank und doch so kräftig. Sie liebte es, wenn Grace ihre Muskeln anspannte. Sie liebte es, sie stöhnen zu hören. Grace brachte sie in einen Zustand, in dem sie ihre Auseinandersetzung völlig vergaß. Nichts war mehr wichtig. Sie tauchte ab in eine Welt, die nur noch aus Grace' Händen, ihren Lippen, ihrer berauschenden Haut bestand.

Nichts konnte beglückender sein, als sich ihr ganz zu überlassen und in ihren Armen zu kommen.

Grace hielt sie fest, auch danach. Sie schwiegen lange, bis sie flüsterte: »Sag es noch mal, was dir das Wichtigste ist. Ich glaube, das war das schönste Liebesgeständnis, das ich jemals bekommen habe.«

»Du bist mir das Wichtigste, Grace. Egal wo ich bin, ich möchte dich nur immer bei mir haben.«

Sie fühlte, wie Grace' Wimpern sie an ihrem Hals kitzelten. Ihre Stimme klang ernst. »Ich mag es nicht, wenn man mich auf den Arm nimmt. Da bin ich echt empfindlich. Alles Mögliche kann ich wegstecken, aber nicht, wenn ich das Gefühl habe, man hintergeht mich«, gestand sie.

»Das habe ich niemals getan«, versicherte Kristiina.

»Ich weiß«, sagte Grace.

Eine Aussage, die Kristiina ermutigte, ihre geheimen Gedanken mit ihr zu teilen. »Ich habe sogar die Vermutung, dass die kleine Wohnung mit dazu beigetragen hat, dich rasch ins Bett zu kriegen, oder?« Sie hielt sie fest, als Grace empört Raum zwischen ihnen schaffen wollte. »Nur rein interessehalber: Wärest du drüben auch schon in der ersten Nacht geblieben?«

Grace bemühte sich, ihre Gedanken nachzuvollziehen, und überlegte. »Nein, ich glaube nicht«, gab sie zu.

»Warum? Weil der Weg vom Tisch zum Bett wesentlich länger gewesen wäre?« Kristiina traute sich schon wieder, darüber zu lachen.

»Haha. Nein, das da drüben hätte mich befremdet. Wahrscheinlich wäre ich nicht über Nacht geblieben.«

»Und wenn ich es gewollt hätte?«

»Sicher wären mir Bedenken gekommen, ob ich mich mit dir nicht übernehme. Aber hier habe ich mich von Anfang an so heimisch gefühlt, und ich dachte sofort, du und ich, wir passen wunderbar zusammen!«

»Tun wir auch!«, versicherte Kristiina rasch. »Und intuitiv habe ich mich also richtig entschieden – für diese süße Verführungshöhle.« Kristiinas Lachen wurde von Grace' Mund erstickt. Ihre Zunge bahnte sich den Weg in ihren Mund.

Sie liebte es, wenn sie das tat.

Zweiunddreißig

Der Wecker klingelte. Obwohl sie nur wenige Stunden geschlafen hatte, fühlte sie sich frisch und ausgeruht.

»Steh auf, mein Schatz!«, sagte sie in Richtung der schlafenden Frau, die beinahe ganz unter der Decke verschwunden war.

Man hörte nur einen unwilligen Laut. Aber ihren tiefen Schlaf und den Unwillen, morgens aufzustehen, kannte Kristiina bereits.

»Morgenschwimmen, ja oder nein? Du kannst dich jetzt noch umentscheiden. Wenn nein, darfst du noch eine Viertelstunde länger liegen bleiben und ich bringe dir eine Tasse Kaffee ans Bett.« Ein Angebot, das sie ihr nur aufgrund der wirklich berauschenden letzten Nacht einräumte. Zukünftig würde sie Grace aus dem Bett holen. Ganz bestimmt.

»Kaffee im Bett klingt gut«, nuschelte jemand unter der Decke.

Kristiina lachte. Mit genau dieser Antwort hatte sie gerechnet. »Also gut. Dann *good bye* Morgenschwimmen. Gehe ich morgen wieder hin. Eben ohne dich.«

»Warum ohne mich?«, fragte Grace überraschend.

»Bist du denn morgen auch da?«

»Kann durchaus sein.« Grace setzte sich auf, sah sie an und lächelte.

Kristiina hielt inmitten ihrer Bewegung inne, mit dem Kaffeelöffel in der Hand, und sah sie an. Dieses Lächeln! Sie wollte es immer sehen. Jeden Tag, wenn sie morgens erwachte. Unbewusst ließ sie die Hand sinken. Zum ersten Mal in ihrem Leben überkam sie das Gefühl, dass sich ein Leben ohne den anderen Menschen sehr arm anfühlen musste. Wie hatte sie bloß gelebt, bevor sich Grace in ihr Herz geschlichen hatte? Rückwirkend betrachtet, fragte sie sich, ob sie unglücklich gewesen war. Rasch entschied sie: »Wir gehen erst ab morgen. Und solange der Kaffee durchläuft, komme ich nochmal zurück ins Bett.«

Grace' Lächeln vertiefte sich.

Sie kamen pünktlich zur Arbeit und niemand wunderte sich darüber, dass sie gemeinsam kamen. Ab heute Mittag zur Dienstbesprechung würden sie sowieso alle Bescheid wissen. Grace übernahm die Anmeldung, überließ Marianne die Assistenz, und es begann für sie alle ein ganz normaler Arbeitstag. Vielleicht mit wenigen Abweichungen, denn sowohl Kristiina wie auch Grace fragten sich, wie das Team die neue Nachricht aufnehmen würde.

Die freundliche Mitarbeiterin der Kantine erklärte sich dazu bereit, ihnen das Mittagessen auf Station zu bringen.

»Das machen wir doch immer so, wenn jemand keine Zeit hat, zu uns nach unten zu kommen«, meinte sie gut gelaunt am Telefon.

»Das ist wirklich nett!«, staunte Kristiina, die dieses Angebot noch nie zuvor in Anspruch genommen hatte. Rasch gab sie ihre Wünsche durch. Alle fünf hatten sich für Lachs, Kartoffeln und Salat entschieden. Etwas, das es eigentlich nur sonntags gab. Da musste man sich rasch entscheiden.

»Kein Problem. Wann soll ich es euch bringen? Um zwölf?«

»Um eins wäre besser«, sagte Kristiina in Anbetracht des

noch gut gefüllten Wartebereichs. Sie müssten noch die drannehmen, für die es eine Zumutung wäre, eine halbe Stunde länger zu warten. Denn, dass hier eine halbe Stunde Stillstand wäre, wenn alle zeitgleich in die Pause gingen, stand außer Frage.

»Ich wollte mit euch den Umgang mit Patienten ansprechen, die etwas schwierig sind«, begann Grace, nachdem sie sich gegenseitig einen guten Appetit gewünscht hatten. Der Punkt stand ganz oben auf der Liste, weil es sich dabei um das älteste Anliegen handelte.

»Sie meint so rassistische Deppen«, übersetzte Kristiina lakonisch.

»Hey, darf *ich* jetzt mal reden?«, fragte Grace.

»Gerne.« Kristina schwieg und aß weiter.

»Also, bei diesem Thema bin ich mit Kristiina schon in der zweiten Woche aneinandergeraten. Sie wollte mich vor so einem beschützen, der eine blöde Bemerkung gemacht hatte.«

»Was für eine Bemerkung?«, fragte Samuli.

»Hättest du was gesagt, hätte er von mir eins aufs Maul bekommen«, kam Kimmo einer Antwort zuvor.

»Super Lösung. Damit ist der Punkt doch ausreichend besprochen, oder Grace?«, fragte Kristiina und grinste.

Marianne musste so lachen, dass sie sich verschluckte. Sie sah von ihr zu Grace und wieder zurück.

»Sagt mal! Läuft eine Dienstbesprechung bei euch immer so?« Grace sah von einem zum anderen.

»Ne, erst, seit du da bist!«, spielte Marianne mit.

»Okay! Lasst uns ernst werden«, bestimmte Kristiina, bevor es Grace zu viel werden konnte. »Ich dachte, ich müsste den Patienten, der über Grace hinter ihrem Rücken eine dumme Bemerkung gemacht hatte, in den Senkel stellen. Grace wollte aber anders damit umgehen. Und das Recht hat sie. Grace, was sollen wir also tun?«

Grace nahm den Ball auf und erklärte: »Ich möchte solchen

Menschen gerne erst mal eine Chance geben, ihr Verhalten selbst zu korrigieren. Ich möchte nicht, dass ihr sie sofort zurechtweist oder überstürzt etwas unternehmt.«

Alle in der Runde akzeptierten ihr Anliegen.

»Du willst es also erst mal selbst regeln«, vergewisserte sich Kimmo.

»Ja.«

»Kriegt man also erst eine aufs Maul, wenn man dich zum zweiten Mal blöd anmacht oder ein hoffnungsloser Fall ist«, resümierte Samuli.

Alle lachten. Aber natürlich hatten sie Grace verstanden und achteten ihr Anliegen.

»Ist das zu deiner Zufriedenheit jetzt vollständig besprochen?«, fragte Kristiina nach.

»Ich denke mal, ihr habt es kapiert«, hoffte Grace laut.

»Wir bemühen uns«, schloss Kristiina das Thema ab. »Punkt zwei?«

»Urlaubsregelung«, kam es aus dem Mund mehrerer.

Sie nahmen einen Kalender zur Hand. Das dauerte dann länger als das Thema zuvor. Es wurde geschliffen und gefeilscht, bis jeder mit dem Entschluss leben konnte.

»Wenn ich wegen meiner Musik freihaben muss, mache ich natürlich mehr Bereitschaftsdienste als die anderen«, gab Grace sich einsichtig. »Ist ja nur normal, wenn ihr mir dafür an anderen Tagen den Rücken freihaltet.«

»Mal sehen. Wegen mir brauchst du das nicht zu machen. Ich übernehme die Dienste gerne.« Kimmo war letztes Jahr Vater geworden und konnte das zusätzliche Geld der Bereitschaftsdienste gut gebrauchen. Auch dieses Thema schien im Team zu keinen Spannungen zu führen.

»Meinst du, es klappt, wenn Grace und ich zeitgleich in den Urlaub gehen?«, fragte Marianne. »Grace spielt beim Musikfestival in Hanko, und da möchte ich auch gerne eine Woche hingehen. Da geht immer voll der Punk ab.«

»Ach ja?«, Kristiina sah Grace an. Davon hatte sie noch gar

nichts erzählt. Schon gar nicht davon, dass Marianne auch hinwollte – mit ihr.

»Nun, ja, äh ...«, sah sie Grace zum ersten Mal in dieser Runde um Worte ringen.

»Dann müsste ich auf jeden Fall da sein«, überlegte Kristiina laut. »Das wäre ...« *Machbar*, wollte sie sagen.

Grace unterbrach sie. »Nein, ich möchte, dass du dabei bist.« Die Blicke aller lagen nun auf ihr.

Kristiina seufzte. »Ich glaube, wir ziehen den nächsten Punkt an dieser Stelle vor. Was Grace und ich euch heute sagen wollten: Wir beide sind ein Paar. Wir möchten nicht, dass ihr es hintenherum erfahrt und sagen es euch deshalb selbst.« Sie ließ ihre Worte wirken, und plötzlich war da Schweigen. Die unbeschwerte Atmosphäre schien fort zu sein. Alle wirkten peinlich berührt.

»Echt jetzt?«, fragte Marianne nach einer Weile. Sie sah Grace mit einem Gesichtsausdruck zwischen Staunen und Enttäuschung an. War sie gekränkt, dass sie es ihr nicht sofort gesagt hatte?

»Wie? Ihr beide?« Samuli schaute von Kristiina zu Grace und wieder zurück.

»Ja.« Kristiina nickte.

»Und das darf im Krankenhaus die Runde machen?«, vergewisserte sich Kimmo.

»Das soll die Runde machen. Es wird früher oder später sowieso der Fall sein«, kam Kristiina Grace mit einer Antwort zuvor.

Beide Männer wirkten betreten.

»Ich wusste gar nicht, dass ...«, begann Samuli und schaute Grace an, er brachte seinen Satz nicht zu Ende. Von Kristiina hatten sie es noch weniger erwartet. Das sagten ihre Gesichter.

»Kommen wir zum Thema zurück. Natürlich würde ich auch gerne in Hanko dabei sein, um Grace zuzusehen. Das muss aber nicht die ganze Woche sein. Vielleicht ein, zwei Tage.

Kriegen wir das trotzdem hin?« Kristiina sah die beiden Jungs an.

Die schienen froh zu sein, das Thema so rasch wechseln zu können.

»Ja. Dann kommt eben jemand von Station. Wenn Kimmo und ich beide hier sind, kann einer von uns ja vorne Dienst bei der Anmeldung machen. Das ist kein Problem, wir kennen uns mit dem Programm auch aus. Vielleicht sind wir nicht ganz so schnell, aber das macht ja nichts, oder?«

Alle schüttelten den Kopf.

»Und wenn wir einen guten Arzt von Station bekommen, läuft das hier genauso rund«, bekräftigte Kimmo. Beinahe etwas zu enthusiastisch. Es tat Kristiina beinahe etwas weh, so leicht ersetzbar zu sein.

»Dann ist das auch geklärt. Hat sonst noch jemand was?«, fragte Kristiina in die Runde.

Sie sahen sich an. Kimmo, Samuli und Marianne schüttelten den Kopf. Grace und Kristiina schwiegen.

»Ich glaube, für heute reicht's auch!« Kimmo verzog gutmütig sein Gesicht.

Grace und Kristiina wussten genau, wovon er sprach. Sie wechselten einen kurzen Blick. Grace wirkte, wie sie, zufrieden.

Ihre Kollegen hatten es gut aufgenommen und das mit Marianne würde sich rasch zurechtbiegen lassen.

Dreiunddreißig

Eine ganz andere Kategorie war der Besuch bei ihren Eltern am Sonntag:

Kristiina hätte nicht sagen können, ob sie jemals auf etwas so gespannt war wie auf das Gesicht ihrer Mutter, wenn sie gleich die Tür öffnen würde.

Noch nicht einmal die Erwartung der weihnachtlichen Bescherung in ihrer Kindheitserinnerung forderte von ihr so viel Geduld wie die Zeit, in der sie auf die Haustür ihrer Eltern starrte. Grace selbst war die letzte Stunde auffallend wortkarg gewesen. Sie trat von einem Fuß auf den anderen.

Lange Sekunden vergingen. Von innen flötete eine Stimme: »Ich komme schon!«

Typisch Äiti! Natürlich gab sie sich von der besten Seite, wenn ihr einziges Kind seinen Lieblingsmenschen vorstellen kam.

Die Tür öffnete sich.

Die Mutter sah in das vertraute Gesicht ihrer Tochter. Ihr Blick wechselte zu der Frau an ihrer Seite und fand wieder zurück zu ihrer Tochter. Sie war offensichtlich verblüfft.

Das war es, was Kristiina wissen wollte! Ihre Mutter hatte

also noch nicht einmal im Entferntesten daran gedacht, dass ihre Tochter lesbisch sein könnte!

»Hallo Äiti«, sagte Kristiina so unbeschwert wie möglich. »Das ist Grace, meine Freundin.«

Ihre Mutter sah aus, als prüfte sie verzweifelt die Option, ob sie ihre Tochter falsch verstanden hatte und sie lediglich eine Freundin zum Essen mitbringen wollte. Um kein Missverständnis aufkommen zu lassen, nahm Kristiina Grace zärtlich an der Hand und hielt sie fest.

In ihrer Mutter arbeitete es.

Weder sie noch Grace nahmen es ihr übel. Sie warteten einfach, bis sie sich gefangen hatte. Und das tat sie dann doch den Umständen entsprechend schnell, als sie erkannte, dass es ihrem Kind völlig ernst war.

»Oh«, sagte sie fürs Erste und trat, wenn auch etwas steif, zur Seite, um sie einzulassen. »Herzlich willkommen!«, erinnerte sie sich an ihre guten Manieren –

für eine Mutter, die einen potenziellen Schwiegersohn erwartet hatte, eine phänomenale Leistung.

Ihr Vater erschien auf der Bildfläche. Vielleicht vermutete er schon, dass irgendetwas nicht stimmte, weil die Begrüßung leiser als üblich vonstatten ging.

Kristiina zog Grace mit sich hinein. »Hei, Isä. Darf ich dir Grace vorstellen?«

Ihr Vater blieb im Flur stehen, den Blick auf beide Frauen gerichtet. »Das ist ja mal eine Überraschung«, sagte er gefasst. Sein Tonfall war interessiert, nicht ablehnend. Nur Kristiina hörte den Vorwurf heraus.

Ganz sachlich erklärte sie ihren Eltern: »Ich wollte nur sehen, ob ihr beiden schon vermutet hattet, dass eure Tochter lesbisch ist. Offensichtlich ist das nicht der Fall. Ehrlich gesagt beruhigt mich das. Ich hab schon befürchtet, ihr hättet mir eure Vermutung verschwiegen.«

»Nein, das haben wir nicht«, kam es ihrer Mutter aus

tiefstem Herzen, deren Brustkorb sich sichtbar hob, als sie Luft holte.

Vater schüttelte leicht den Kopf. »Wir haben uns nur gewundert, warum du es mit keinem sonderlich lange ausgehalten hast – oder er mit dir«, fügte er hinzu und verzog etwas sein Gesicht. »Es freut uns, unser Kind endlich glücklich zu sehen.« Er reichte Grace die Hand: »Herzlich willkommen in der Familie Lundt!«

Grace brachte kein Wort heraus – erst nach dem zweiten Anlauf gelang es ihr. »Danke schön.«

Wahrscheinlich dachte auch sie gerade an ihre Abmachung: Wenn es eine Szene geben sollte, dann dürfte sie ohne ein weiteres Wort gehen. Aber dazu gab es keinen Grund. Ihre Eltern machten sich wirklich gut.

»Äh, natürlich. Wir freuen uns sehr, dich kennenzulernen, Grace!«, sagte Kristiinas Mutter nun. Dann wandte sie sich entschlossen in Richtung Küche. »Essen ist fertig!«

»Soll ich dir tragen helfen?«, fragte Kristiina wie immer, ging hinterher und ließ Grace mit ihrem Vater allein im Wohnzimmer zurück.

»Du hättest vorher anrufen und deinen Vater und mich in Kenntnis setzen müssen«, sagte ihre Mutter vorwurfsvoll, kaum dass sie unter vier Augen waren. »Wie sieht das denn aus, wenn ich dastehe und deine Freundin anglotze wie der Ochse vorm Berg?«

»Du hast ganz wunderbar reagiert, Äiti!« Kristiina nahm ihre Mutter in den Arm, küsste sie. »Danke!«

Ihre Mutter rang sichtlich um Fassung. »Ich hätte nicht gedacht, dass meine Tochter sich eines Tages in eine Frau verlieben könnte.« Sie sah sie prüfend an, als suche sie nach Anhaltspunkten, die auf eine lesbische Orientierung hinweisen könnten.

»Ich wusste es auch nicht, Mutter. Ehrenwort!«

»Bist du lesbisch oder bi?«, fragte ihre Mutter verunsichert. »Oder pan oder was weiß ich was?« Sie schüttelte irritiert den Kopf. »Da gibt es heute ja so viele unterschiedliche Bezeichnungen.«

Kristiina zuckte mit den Schultern. »Ich liebe Grace, das ist das Einzige, was ich mit Sicherheit behaupten kann. Komm jetzt! Wir wollen die beiden nicht mit dem Essen warten lassen.«

Als sie ins Wohnzimmer zurückkehrten, mit Auflaufform und Topf bewaffnet, unterhielten sich Grace und ihr Vater ganz ungezwungen. Grace lächelte sogar auffallend entspannt.

»Du hättest vorab schon mal erwähnen können, dass du so eine hübsche neue Kollegin hast«, sagte ihr Vater vorwurfsvoll. »Da überlegt man es sich ja wirklich, ob man nicht die Ufer wechseln soll.« Ein herber Witz, dazu noch völlig unkorrekt! Aber Grace lachte darüber, und so unterließ es Kristiina, ihren Vater deswegen zu kritisieren.

Ihre Mutter aber warf ihm einen strengen Blick zu. »Ich glaube nicht, dass man das willentlich beeinflussen kann.«

»War doch nur Spaß«, räumte er sofort ein. »Setzt euch endlich!«

Umständlich nahm er selbst Platz am Esstisch. »Dann können wir anfangen«, sagte er mit einem erwartungsvollen Lächeln im Gesicht. »Mutter steht schon seit zwei Stunden in der Küche.«

»Ach du! Was du wieder sagst!«, wehrte sich ihre Mutter.

Kristiina wusste aus Erfahrung, die Wahrheit lag irgendwo dazwischen.

Sie reichten sich Schüsseln und Töpfe umher, Salat, Kartoffelpüree und von dem leckeren Karjalanpaisti, ein Fleischtopf mit Steckrüben, den ihre Mutter immer so lecker kochte. Dazu nahm sich jeder etwas von den Preiselbeeren.

»Mein Lieblingsessen«, schwärmte Kristiina. »Ich könnte Unmengen davon essen.«

»Ich auch«, sagte Grace. Ob das stimmte oder nur eine

höfliche Behauptung war, konnte Kristiina nicht sagen. Sie sah nur, dass Grace wirklich mit Appetit zulangte.

So einfach hätte sie sich das nicht vorgestellt, dachte sie beim Essen.

»Ah, wir haben den Sekt vergessen!«, rief ihre Mutter plötzlich aus und schlug sich mit der Hand an die Stirn. »Vor lauter ... Ach, wie dumm!«

»Macht nichts! Sekt schmeckt auch noch während des Essens, oder nicht?« Ihr Vater blickte in die Runde.

»Aber natürlich«, stimmte Kristiina sofort zu, sprang auf, holte die Flasche aus dem Kühlschrank und Gläser aus dem Büffet.

»Auf das junge Glück!« Ihr Vater hob sein Glas, und auch Mutter machte wieder ein ausgeglicheneres Gesicht – etwas überfahren natürlich, aber das würde sich bis zum nächsten Mal gelegt haben.

Sie blieben beinahe drei Stunden. Grace musste sich noch Fotoalben früherer Zeiten ansehen, und sie hatte ihren Spaß daran, Kristiina als Kind zu sehen.

Als sie sich verabschiedeten, bedankte sich Grace für einen sehr schönen Nachmittag, und sie meinte es ernst.

»Danke, ihr beiden!«, sagte auch Kristiina, umarmte und küsste ihre Eltern. »Tut mir leid, wenn ich so mit der Tür ins Haus gefallen bin, aber ich wollte einfach Klarheit haben.«

»Die hast du ja nun«, meinte ihr Vater trocken.

»Ja, die habe ich!« Kristiina nahm Grace an der Hand, als sie durch die Tür gingen.

»Hey, das war aber echt eine Leistung!«, sagte Grace bewundernd, kaum dass sie außer Hörweite waren.

»Ja, für Bonzen nicht schlecht, was?«, meinte Kristiina und erntete dafür einen Puff in die Seite.

Vierunddreißig

Der Montag brach an, und Kristiina erwachte mit dem Gefühl, dass ihr Leben trotz all seiner gewaltigen Veränderungen in den letzten fünf Wochen wieder in ein sicheres Fahrwasser gefunden hatte. Sie ging wieder wie gewohnt zum Morgenschwimmen – ohne Grace, denn sie hatte gestern Abend einen Auftritt gehabt und war anschließend nach Hause gegangen. Sie würden sich heute erst in der Klinik wiedersehen.

Die beiden Jungs vom Gipsraum machten bei der Arbeit wieder die üblichen Witze, und bei den Krankenhausmitarbeitern sickerte es ganz selbstverständlich durch, dass die neue Mitarbeiterin die Partnerin von Doktor Lundt war. Die Atmosphäre in der Ambulanz blieb offen und aufgeschlossen. Das Team war noch enger zusammengerutscht, und Kristiina stellte fest, dass Offenheit die größte Chance bot, um Menschen für sich zu gewinnen.

Tuula reiste die Tage wieder ab, und der Trennungsschmerz von Wladislaw war für alle Beteiligten ein rührendes Szenario. Sie versprach, wiederzukehren, sobald es ging – das wäre aber frühestens nächstes Quartal. Bis dahin wollte Wladislaw schon etwas Finnisch können. Er hatte sich zu einem Sprachkurs angemeldet.

Sofija hatte kurz vor ihrer Abreise eine Textnachricht von ihrem Mann an der Front bekommen. Ihr Mann teilte ihnen seine aktuelle Stellung mit. Er klang fest entschlossen, und es ging ihm den Umständen entsprechend gut. Sie wurden gut mit Essen und Kleidung versorgt. Es gab so viele freiwillige Helfer! Wladislaw versprach ihm, gut auf seine Schwester und die Kinder achtzugeben. Die Tatsache, dass sie gut in Finnland untergekommen waren, wälzte einen schweren Stein von seiner Seele – er freute sich maßlos.

An diesem Tag fragte Wladislaw Kristiina, ob er auf dem Klavier spielen dürfte, das im Wohnzimmer stand. Bisher war ihm nicht nach Musik gewesen, aber jetzt würde er mit den Kindern gerne regelmäßig singen.

»Ich kenne eine, die spielt ganz ausgezeichnet Saxophon«, antwortete Kristiina und grinste. Sie würde Grace fragen, ob sie Lust hätte, mit ihrem Instrument vorbeizukommen. Die Mädchen wussten nicht mal, was ein Saxophon war.

Grace erklärte sich gerne bereit, am Samstagnachmittag zu kommen – das einzig freie Zeitfenster in ihrem Terminplan.

Die Mädchen freuten sich schon. Sie tauten immer mehr auf – jetzt, wo sie in Helsinki eine Heimat gefunden hatten. Sie vertrauten darauf, ihre Spielkameraden und Freunde nach dem Krieg alle wiederzusehen. Und dann würden sie aufbauen, was jetzt kaputt war: ihr Haus, die Häuser der ganzen Straße. Papa wäre wieder bei ihnen. Und bis es so weit war, nahmen sie es nun an wie einen Urlaub. Hier war es schön. Natürlich fragten sie oft nach ihrem Vater. Sofija versicherte ihnen jedes Mal, er würde bald zu ihnen kommen, er müsste jetzt noch für den Frieden kämpfen. Und da war ja noch Wladislaw, der den Vaterersatz gerne spielte.

Kristiina traute ihren Ohren nicht, als sie hörte, wie

Wladislaw Klavier spielte. Dieser Bär von Mann verfügte über ein musikalisches Gespür, das sie ihm niemals zugetraut hätte. Tuula hatte recht: Er musste ein Herz aus Gold haben. Nur mit einem solchen war man in der Lage, so zarte Melodien zu spielen, so filigran, so beschwingt. Sie sah wie hypnotisiert auf seine Finger – die bewegten sich schnell und leicht über die Tasten.

Es musste ein Lied sein, das die Mädchen gut kannten, denn beide samt Sofija fielen mit ein, und alle sangen.

Das war der Moment, als Kristiina vorgab, drüben etwas vergessen zu haben.

»Bin gleich zurück«, murmelte sie und ging rasch in die Wohnung gegenüber. Ihre Tränen waren ihr peinlich. Es war so ergreifend, die Familie singen zu hören. Sie konnte doch aber unmöglich danebenstehen und heulen!

Sie nahm sich ein Taschentuch, schnäuzte sich und lauschte durch die angelehnte Tür.

Da sang eine Familie, die vom Krieg vertrieben wurde. Sie sangen und lachten und hatten wieder Spaß in ihrem Leben. Ihre Entscheidung trug so reiche Früchte. Es bedurfte nur ihrer persönlichen Einschränkung, die dazu noch nicht einmal wehtat, um anderen etwas Raum für ein neues Glück zu bieten.

Dankbar trat sie hinaus auf den Balkon ihrer kleinen Wohnung. Sie brauchte ein paar Minuten für sich, aufgewühlt wie sie war.

Sie stutzte.

Wann war sie zum letzten Mal in einer ganz ähnlichen Situation gewesen? Richtig, als Erik es gewagt hatte, sie bis in die Ambulanz zu verfolgen wegen einer klitzekleinen Schnittwunde. Er wollte sie nur überreden, ihre Beziehung doch aufrechtzuerhalten. Aber sie wollte nicht mehr – nicht mit ihm, nicht so, nicht mit einem Mann. Es war ihr einfach zu wenig gewesen.

Jetzt stand sie wieder auf einem Balkon, um sich zu fassen. Fünf Wochen waren vergangen, mehr nicht. Sie rief das Bild ab, wie sie in der Klinik inmitten der nasskalten Luft gestanden und die Sehnsucht nach einer Zigarette sie überkommen hatte. Kristiina lachte auf. Wie merkwürdig! Sie musste genau gefühlt haben, dass ihr etwas zum wahren Glück fehlte. Hatte sie eine Ersatzdroge gesucht? Wollte sie wenigstens den Kick von ein bisschen Nikotin spüren, weil Eriks Küsse so wenig in ihr auslösten?

Sie könnte sich doch mal mit einer Kollegin darüber unterhalten, die mehr Ahnung von Psychologie hatte. Vielleicht würde die ihr sogar sagen, dass sie autoaggressiv gehandelt hatte. Wollte sie sich selbst schaden, weil sie nicht in der Lage war, den Weg zu ihrem Glück zu erkennen?

Kristiina lächelte. Von drüben klangen leise Klaviertöne herüber, und zarte Kinderstimmen gaben ihr Bestes. Wie würde es sich erst anhören, wenn Grace am Wochenende die Melodie mit dem Saxophon aufnahm oder sogar eine zweite Stimme dazu spielte?

Grace, dachte sie, und ihr Herz machte einen Hüpfer. Sie sah hinab auf den Innenhof. Die Anemonen blühten bereits. Die Tulpen kämen als nächstes, und dann würde es ganz rasch gehen mit dem Frühjahr. Bereits jetzt merkte man, wie das Licht mit jedem Tag länger blieb, dieses helle Licht des Sommers. Es würde zurückkehren. Unaufhaltsam.

Und sie würde diese langen Tage mit Grace teilen. Sie wusste nicht, wie lange der Krieg dauerte, wie lange sie hier in Finnland noch in Frieden leben würden. Die Zukunft machte ihr immer noch Angst. Aber sie war es dem Leben schuldig, es aus vollen Registern zu leben, zu lachen, zu singen, zu feiern. Auch das war Widerstand gegen die Ungerechtigkeit, gegen das Elend, gegen den Tod. Mit Grace waren Musik und Kreativität in ihr Leben eingezogen.

Und voller Dankbarkeit ging sie wieder hinüber in ihre andere Wohnung, setzte sich wie Sofija auf einen der Sessel und hörte Wladislaw und den Kindern zu.

Ich muss ihm sagen, dass er mein angefangenes Päckchen Zigaretten zu Ende rauchen kann, dachte sie noch.

Sie glaubte nicht, dass sie jemals wieder Sehnsucht nach einer Zigarette verspüren würde.

Ende

Nachwort

Danke, für den Kauf dieses Buches.

Die Tantiemen, die ich mit diesem Buch in den ersten drei Monaten erwirtschafte, werde ich Care Deutschland e.V. für die humanitäre Soforthilfe spenden. Das Geld wird für Schutzsuchende aus der Ukraine verwendet, die mit **sauberem Trinkwasser, Lebensmitteln, Medikamenten und Hygieneartikeln versorgt werden**. Des Weiteren erhalten vom Krieg betroffene Bargeld, um dringende Bedürfnisse decken zu können, und bekommen durch erfahrene NotfallhelferInnen psychosoziale Unterstützung angeboten.

Frauen und Mädchen sind in Konfliktsituationen besonders gefährdet. Sie haben ein erhöhtes Risiko, Opfer von geschlechtsspezifischer Gewalt und Ausbeutung zu werden. Zudem mangelt es häufig an lebenswichtigen Gesundheitsdiensten. So haben schwangere und stillende Frauen in den vom Konflikt betroffenen Gebieten bereits jetzt **keinen Zugang zu Diensten der sexuellen und reproduktiven Gesundheit** oder sicheren Entbindungsmöglichkeiten.

Danksagung

Wenn sich Kapitel um Kapitel zu einem Buch zusammenfügt und aus wirren Wörtern ein fließender Text wird, hat das etwas sehr Schöpferisches an sich.

Und immer mehr genieße ich den Austausch mit anderen, unterbreche gerne meinen manchmal etwas einsamen Schreiballtag. So bedanke ich mich bei allen meinen Beta-Leserinnen für ihr wunderbares Feedback, ihre Einwürfe, Verbesserungen und Vorschläge. In diesem letzten Schöpfungsabschnitt entstehen oft ganz skurrile Dialoge, in denen wir uns den Kopf über die Feinheiten der deutschen Sprache zerbrechen.

Wieder haben wir ein Buch zur Welt gebracht!

Herzlichen Dank euch allen!

Zur Autorin

Sanne Hipp begann eines Tages damit, sich nach Feierabend die Welt schöner und einfacher zu schreiben: mit leichten Liebesromanen zur Unterhaltung – Romance zwischen Frauen. Denn das schien ihr eine äußerst spannende Sache zu sein.

Die Autorin wohnt mit Frau und Kater unweit der pulsierenden Hauptstadt des Schwabenländles und hat ihr Hobby zum Beruf gemacht.

Mehr über Sanne Hipp auf: http://sanne-hipp.de

Printed in Poland
by Amazon Fulfillment
Poland Sp. z o.o., Wrocław

17884541R00125